Ich hab die Unschuld kotzen sehen

AF202352

Dirk Bernemann

9. Auflage Dezember 2024

Titelbild: Ubooks, Fabian Ziegler 2004

Bildquelle: www.photocase.de

© by Dirk Bernemann

Lektorat: Andreas Mayerle

ISBN: 978-3-937536-59-0

Ubooks-Verlag

Neudorf 6

64756 Mossautal

www.ubooks.de

Ich hab die Unschuld kotzen sehen

–ORIGINALAUSGABE–

Inhaltsverzeichnis

Begrüßende Worte

Guten Tag. Die Welt liegt in Trümmern, ich sammle sie auf, errichte daraus neue Gebäude. Konstruiere neue Städte, kann man drin wohnen oder weiträumig umfahren.

Das was mal Unschuld war, nimmt nun Drogen, tötet aus Lust, ist viel zu frei erzogen, um klar und geordnet zu denken, aber entwickelt sich scheinbar natürlich, gar übernatürlich. Und es ist vor allem unaufhaltsam und nennt sich irgendwann, also bald, gar dreist: Die neu definierte Unschuld.

Dabei hat es doch schon so viel auf dem Gewissen, dass dieses expandieren könnte, hat sich kannibalistisch geübt und dann nebenbei sich selbst vergessen.

Moral egal und durch.

Also mittendrin der Mensch, der an allem zu verzweifeln scheint, der sich Wahnsinn kauft, der durchdreht wegen Liebe, Arbeit, Freizeit, Freiheit und allgemeinen Zwängen.

Mensch, mach dein lautes Leben leiser!

Vielleicht auch ein wenig revolutionäres Gedankengut und keine Angst vor Körperflüssigkeiten von Mitmenschen zu haben, empfehle ich.

Außerdem empfehle ich auf dies hier eine Betrachtungsweise außerhalb gesellschaftlicher Normen.

Hier tanzen nämlich gescheite und doch gescheiterte Existenzen. Pogogedanken.

Pogo auf dem Todesstreifen. Zwischen allen Stilen und Stühlen finde man was, suche man was zum Anfassen. Der direkte Weg ist immer noch, sich zu begegnen.

Für alle, die es wissen wollen - hier ist der Beweis

Tocotronic

Nicht auf den Tag warten, an dem sich die Sonne weigert zu scheinen. Krebskrank vom Himmel zu schreien und Licht zu geben. UV-Blendung reflektiert an Menschenleibern. Ein brennender Planet als letzter Funken Hoffnung? Das vielleicht demnächst allerletzte Naturereignis.

Wahnsinn nährt Wahnsinn. Die Möglichkeit, wahnsinnig zu werden, steigt überall. Liegt wahrscheinlich an der Überdosis medialer Gewalt. Davon rate ich Abstand zu nehmen und in Zukunft nur noch meine Bücher zu lesen. An Stelle von Fernsehen, Spielkonsolen, Chemiedrogen, seltsamen Printmedien und Ficken. Sich und andere.

Das ist alles zu viel.

Es gibt Alternativen zum Wahnsinn ...

Vorhang auf ...

Ich habe die Unschuld kotzen sehen

Das Gelage dieser Tage.

Wir liegen mit mehr Krebszellen als Verstand im Kopf auf diesem durchgefickten Sperrmüllsofa. Wir sind Engel, die Verführer und die Verführten des Amokzustandes, mancherorts fälschlicherweise Leben genannt. Um uns schießt Dummheit wie vergiftete Pflanzen aus krankem Boden.

Sie liegt wie tot in meinem Arm.

Liebe ich sie?

Sie atmet einen süßlichen Duft, den Cocktail aus Fastfoodkotze, Magenschleimhautentzündung, Billigwhisky und meinen Küssen. Sie ist die wildeste Diva, die ich jemals in meinen Armen halten durfte. Ihr Augenaufschlag ist so eindeutig und geprägt von authentischer Leidenschaft, nur blieb er die letzten Stunden aus. Komatös, gelähmt, bis an den Rand gefüllt mit Gift.

Alltagsgift.

Ihr Atem ein Röcheln. Auf der Suche nach Sauerstoff im luftleeren Raum.

Sauerstoff ist Zuversicht.

Also ist Verzicht schlicht schlecht, Baby.

Atme und lebe!

Zugreifen, trinken, inhalieren, abdrücken, schlucken.

Atme Luft wie Gift in deiner Vergangenheit!

Sie hier, noch warm, zu spüren, ist die Wohltat dieses Erwachens, mit dem ich aufgrund des Konsums der Vortage kaum noch rechnete. Jetzt bin ich wach, aber kalt und tot. Meine Augen gleiten durch den spärlich möblierten Raum, der uns manchmal mit seiner Miete aufzufressen drohte.

Unsere Villa. Violette Wände. Beruhigend und stimulierend zugleich. Der Engel in meinen Armen scheint auch nicht zu wissen, warum diese Stille so paradox ist.

Überhaupt, sie scheint nichts mehr zu wissen. Ich überprüfe die Körperfunktionen meiner Drogenkönigin. Verlangsamter Puls, auffällig flache Atmung.

Flügellahmer Engel.

Eine alte Bekannte. Die Liebe meines Lebens. Die Erbin meines Wahnsinns. Unsere Geschichte zu erzählen bedarf es keiner Erinnerung, nur intensiver Zwischenmenschlichkeit und – wie gesagt – des Wahnsinns in seiner alltäglichen Erscheinungsform.

Das bilde ich mir doch nicht ein.

Ich taste nach meinen Filterzigaretten. Wohnzimmertisch. Wohnzimmer? Wohnen?

Gedanken überdosiert!

Ich lache herzhaft in meinen inneren Wahnsinn, der bestimmt in meinen gelben Augen sichtbar ist.

Feuerzeug flackert kurz auf. Durch Inhalation übertrage ich die Flamme auf ein Billigtabakprodukt. Schmer-zen wie Preßlufthammerzärtlichkeiten beweisen mir meine Existenz. Wieder einen Rausch überlebt.

Aber ich sorge mich um meinen Engel. Ihre weiße Haut wirkt in meinen zugedröhnten Augen neongelb. Sie trägt nur Unterwäsche und ihr Körper scheint wie ein gelber Fluss, lediglich von zwei schwarzen Brücken unterbrochen, meine Beine runterzufließen.

Ihr Menschlichkeitsduft übertönt den des Giftes. Das bemerke ich aber erst, als ich meine Wahrnehmung selektiert habe und mich durch Selbsthypnose davon abgehalten habe, auf den ruhenden Körper der Geliebten zu kotzen.

Ihre linke Hand umklammert eine geleerte Flasche. Ich betrachte für fünfeinhalb Minuten den kleinen Finger ihrer linken Hand, das erste Lebendige an der dichten Prinzessin, seit ich sie betrachte. Er bewegt sich auf und ab und scheint die Flasche zu streicheln. Da sie generell momentan wie tot wirkt, interpretiere ich diese Szenerie der wahrscheinlich alkoholisch beeinflussten Komabewegung als Zeichen ihrer endlosen, lebensbejahenden Leidenschaft.

Gedanken sind auf der Flucht vor mir. Die Detailverliebtheit meiner Intensivbetrachtung verursacht gelbe Kreise beim Kopfbewegen mit Blick auf die karge, leere Wand. Irgendwie lässt die Selbsthypnosewirkung schneller nach als erwartet. Nahrung will nach außen. Allerdings schaffe ich es noch, meinen Oberkörper nach vorne schnellen zu lassen, damit die nun auf die Kacheln klatschende graugrüngelbliche Masse nicht auf meine Göttin gerät.

Sie wird es mir danken, denke ich. Irgendwie wird sie mir danken, dass ich sie nicht mit meinem Mageninhalt zugedeckt habe.

Ich hätte jetzt wahnsinnige Lust sie zu ficken, bis der dritte Weltkrieg zu Ende ist.

Meine Kotze stinkt erbärmlich.

Aber ich habe ebenso keine Lust, mich jetzt von diesem Möbel zu erheben und einfach so weiterzuleben. Diese ganze Scheiße hier kotzt mich extrem an. Mindestens so, wie ich diesen billigen, mies gekachelten, kalten Boden, bedeckt vom Müll unserer Zweisamkeit.

Unaushaltbarer Amokdrang.

Ich pendle irgendwo zwischen Mordlust und selbstzerstörerischem Tanztheater. Ich stehe auf, mit nackten Füßen in meiner Kotze. Dass die Schlampe dabei unsanft mit ihrem scheiß Schädel auf den Glastisch ballert, erfüllt mich irgendwie mit Freude. Ich lache lauthals.

Sie scheint gerade von ihrem Komaausflug zurückzukehren und blinzelt verlegen mit ihren schiefen Augen. Das wühlt längst vergessene Aggressionen in mir auf. Als sie sich langsam in eine Art aufrechte Haltung begibt, schleudere ich ihr eine achtlos abgestellte, halbleere Flasche Bier in ihr zerknittertes, besoffenes Kummergesicht.

Ihr Nasenbein macht ein Geräusch wie ein herzhafter Biss in eine scheiß Scheibe Knäckebrot, nur circa viermal so laut. Ihr Blut spritzt beim Aufprall der Pfandflasche in alle Richtungen. Rote Perlen in meiner Kotze, rote Flüsse an lila Wänden, rote Seen in ihrem scheiß Gesicht.

Tränen erregen weitere Wut. Ich bewege mich auf dieses wehrlose Stück vergiftetes Menschenfleisch zu und schlage mit meinen Fäusten in ihren zugedröhnten, weichen Körper, der bei jedem Hieb weiter in das Sofa zu fliehen scheint.

Ich interpretiere das als Feigheit und verprügle sie weiter.

Ihre Augen platzen auf. Ihre scheiß verführerischen Augen.

Ich falle auf ihr sitzend, auf sie eindreschend vom Sofa.

Unstillbare Blutgier.

Ihr Kopf in meinen Händen. Ich lasse ihn mehrmals auf die Kacheln herabsausen, die in ihrer Instabilität zerspringen.

Ihr verfickter Weiberschädel ist nicht kaputtzukriegen. Sie quieckt wie ein Ferkel, dem man bei lebendigem Leibe ein Beinchen mittels scharfem Messer vom Restleib abtrennt. Nicht mal vernünftig reden kann sie.

Nicht mal bitten, aufzuhören.

Also zerstöre ich sie weiter, wie sie es schon lange mit mir tut. Sie lebt nicht nur mit, sondern auch von mir und das mit Kalkül und immenser Gewissenlosigkeit.

Ihr nahendes Ende ist mein Freispruch.

Meine Fäuste treffen bald nur noch matschiges rotes Fleisch und um ihren Kopf bildet sich in relativ schneller Fließgeschwindigkeit eine Blutlache, deren Anblick mich euphorisch elektrisiert und zu weiteren Schlägen auffordert.

Ich zolle ihr Tribut, unserer abgestandenen Zeit der Unfähigkeit zu lieben und meiner Unfähigkeit wegzulaufen.

In weitere Gefilde.

Gedankengebilde.

Ich verlasse ihren regungs, gesichts und ausdruckslosen Körper. Stelle mich über sie. Ein Lächeln für sie, da liegend in ihrer ganzen vollkommenen, verkommenen Sinnlichkeit. Beuge mich noch mal über sie herab.

Verabschiede mich mit einem Kuss auf den Bereich ihres Gesichtes, den man früher Wange nannte. Sie ist so süß, auch jetzt mit substanzlosem Schädel und ohne diese Geilheit in ihren Augen.

Die Schlampe hat sich verkalkuliert.

Ich gehe in den Garten und begrüße den neuen Tag.

Und ich vermute, es ist ein verfickter Sonntag.

Polizei

Ich. Bin. Ein Deutscher. Polizist.

Gesetzbuch im Schädel. Respektlos im Umgang mit Abschaum.

Zukunftsorientiert. Nur so kannst du deinen Job gut machen.

Das tue ich.

Ich mache meine Arbeit brilliant.

Zunächst fahre ich heute die Bürokratenschiene, Posteingang und -ausgang. Krieche meinem Vorgesetzten in den Arsch, diskriminiere die niedrigeren Dienstgrade. So ist das System. In diesem Land. In meinem Kopf.

Korrekt.

Ich bin ein guter Polizist. Irgendwo ...

... ein Mord.

Ich und mein unfähiges KackTeam werden mit dessen Aufklärung beauftragt. Überfliege die Akte. Berichtet von einem Opfer, jung, weiblich, aufgefunden voll mit illegalen Substanzen, aber ohne Gesicht. Kein Gesicht, keine Identität. Erschlagen.

Wahrscheinlich mit bloßen Händen zu Tode geprügelt.

Diskutiere mit Kollegen drüber. Einfühlsame Arschlöcher, zumindest einige in meinem Team. Meint doch tatsächlich einer, so 'n Kriminalstudentenpisser, ihm tue das Opfer Leid. Von wegen so böse zugerichtet und so 'n Scheiß.

Ich hab dazu nix gesagt, hab nur versucht neutral zu schauen. Beruf verfehlt.

Ich habe bereits einem Menschen ins Gesicht geschossen und bin stolz darauf. Du weißt nie, wer vor dir steht und was bei dem und in dessen Dunstkreis abgeht.

Der völlige Freak kann sich harmlos tarnen und hinter meinem Rücken oder unter seinem Autositz mit Waffen hantieren. Jeder kann ein Freak mit 'ner Knarre sein.

Ich bin einer. Polizist.

Raus.

Auf die Straße. In die Stadt. Ich befehle es mir.

Ich folge meinem Befehl. Es ist wie früher, als mein Vater mir Befehle erteilte, nur jetzt bin ich mein Vater und ich in einer Person.

Ohne Ausweg.

Wir starten die verfickten Ermittlungen. Ergründen das Umfeld. Wedeln mit unseren Ausweisen wichtig und seriös vor Angehörigen und Freunden der Leiche rum.

Ich erlebe wieder mal einige Zusammenbrüche von irgendwelchen bedeutungslosen Menschen. Die sind ja noch viel emotionaler drauf als meine sozialverseuchten Kollegen. So ist das Leben, ihr Penner.

Wahrscheinlich wollte die Schlampe ihr Dichtmachzeugs nicht teilen und ist von irgend so 'nem durchgefreakten AssiPenner plattgemacht worden. So ist es doch oft. Der eine hat, was der andere will und es gibt Stress.

Gibt's 'nen Freak dabei, gibt's 'ne Leiche. Noch Fragen? Ich nicht. Angehörige heulen. Freunde auch.

Ich verstehe die Leute nicht.

Ich weine nie.

Warum auch? Die Welt ist, wie sie ist. Und ich bin Realist. Polizist. Fertig.

Tränen sind nichts für mich. Tränen entstellen Männer. Das ist eine der wenigen Weisheiten, die mir mein Vater mitteilte. Er hat nie mit meiner Mutter und mir geweint, nur immer Gründe zum Weinen geschaffen.

Er wohnt jetzt allein am anderen Ende der Stadt. Manchmal ist es mir ein Bedürfnis, ihn zu besuchen. Manchmal ist es mir ein Bedürfnis, ihn von einem Auftragsmörder besuchen zu lassen.

Weiter im ungeklärten Fall verlieren sich die ungeklärten Gedanken wieder.

Ich will den Täter.

Den will ich, den Penner.

Seinen Körper. Kindheit und psychologische Gutachten? Drauf geschissen. Der Typ ist krank, deswegen will ich ihn haben.

Ihn ausmerzen.

Geht mir nicht drum, das Opfer zu sühnen. Das ist egal. Für die war und ist es zu spät. Aber ich will diesen Typ aus der Gesellschaft entfernen. Ausgliedern. Die Straße entkriminalisieren.

Unkraut jäten. Ich habe keine guten Ideen für eine Revolution oder so was.

Will nur störende Kräfte ausschalten.

Ich stehe genau dazwischen. In der Schusslinie des Gebildes Gesellschaft und der unausgelebten Hemmungen von genau derselben Gesellschaft. Stehe da und tue meinen Dienst. Mit meinen Mitteln. Mein glorreiches Vaterland stärkt mir den Rücken.

Ich verdiene schlecht, aber ich habe eine Waffe, ihr Wichser.

Das macht mich überlegen im täglichen Kampf gegen das System der Kaputten. Ich urteile nie, aber ich verurteile. Euch, ihr kriminellen Energien da draußen.

Ich kriege euch alle.

Und dann Gnade euch Gott oder sonst wer.

Ich tu es nicht.

Ungnade allein ist meine Leidenschaft.

Der erste Ermittlungstag war ermüdend und frustrierend, die restlichen 278 Ermittlungstage waren es ebenso. Die Fahndung wurde dann eingestellt.

Ich vermute den Täter weiterhin im engeren Bekanntenkreis des Opfers. Habe keine Beweise gegen irgendeinen von den Pennern. Ich hatte das Bedürfnis, den Freund der Kaputtgeschlagenen einzulochen, weil kriminelle Energie von ihm abstrahlte.

So was spüre ich sofort. Der Pisser ist aber harmlos, was nach einigen Verhören deutlich geworden ist. Ich habe ihn nicht gekriegt, den Mörder. Ich kann so was schnell vergessen. Und außerdem kann ich mich nicht um jeden Arsch kümmern.

Die Polizei.

Ihre Polizei. Respektieren Sie die Autorität der Polizei.

Ihr habt ja alle keine Ahnung.

Wurde mit einem neuen Fall betraut. Toter Mann, tote Frau, jeweils Kopfschuss. Gehirnverteilungsmaßnahme und Gedankenausschüttung. Klare Verhältnisse.

Ein Typ bringt seine Frau und deren Lover um, weil dieser seine Gattin um den Verstand ficken konnte, was ihm mit seiner jämmerlichen Ausstattung nicht vergönnt war. Das habe ich innerhalb von 3 Tagen herausgefunden.

Ganz einfach.

Zugriff.

Ich kann weder Opfer noch Täter verstehen.

Ich. Bin. Ein Deutscher. Polizist.

Und ich mache meine Arbeit brilliant.

Ich sollte meinen Vater besuchen (lassen). Ich wähle eine Handynummer und verabrede mich mit einem Typen, den ich nie zuvor gesehen habe. Er sagt, er würde irgendwann meinen Vater besuchen.

Das Leben ist manchmal zu einfach ...

Zwischengenerationsopfertäter

Verdammt bin ich als Mitglied einer Zwischengeneration.

Ich bin 57, habe sowohl Kinder als auch Eltern, die einfach nicht sterben wollen. Außerdem bin ich seit kurzem geschieden, arbeitslos und wahrscheinlich impotent.

Das habe ich zuletzt im Puff festgestellt. Ich war wieder mit einer von diesen Asiatinnen zusammen, allerhöchstens siebzehn.
Der Sex mit der kleinen Schlampe fand aber für mich nur im Kopf statt, denn alles andere bewegt sich nicht. Wir haben circa 'ne Stunde dagelegen und das Mädchen hat sich wirklich bemüht, mir zu einer Erektion zu verhelfen.
Vergebens.
Scheiße. Und wohin mit diesen Gedanken?
Korn macht mir den Kopf frei.
Und ich gucke Nachrichten, bis die Gedanken wiederkommen. Das geht schneller, als vermutet ...

Mit Nutten zu ficken war immer geil, doch irgendwann hab ich bemerkt, dass sich der blöde Pimmel nicht mehr mit Blut füllt. Der Schwellkörper schwillt nicht mehr. Das ist ein fulminantes Problem, denn ich habe immense Lust auf Sex, aber nix bewegt sich.
Das ist quälend und schreit danach, betäubt zu werden. Dieses Gefühl, diese Diskrepanz zwischen Wollen und der eigentlichen

Unfähigkeit neigt dazu, mich wahnsinnig zu machen. Ein weiterer Korn beruhigt das Gemüt und ein weiterer beruhigt es weiter. Aber Gedanken setzen sich selbstständig fort.

Unaufhaltsam. Schädelspaltend …

Leihe mir eigentlich auch häufiger Pornofilme aus, um mal abzuchecken, inwieweit sich nix mehr bewegt. Vor 'nem Monat hat es noch leicht gekribbelt, wenn 'ne vollbusige Blondine auf 'nem Schwanz ritt und schrie, als ob sie jemand in zwei Teile reißt.

Gestern saß ich da, wieder Video an, und ein weißer Riese fickt 'ne Latinoschlampe in den Arsch. Nix.

Nicht mal Kribbeln. Meine Eier blieben weich und matschig wie immer und mein Schwanz klebte daran wie festgetackert.

Das ist ein Dilemma.

Kumpel von mir sagt immer, soll ich mit zum Arzt gehen. Fachabteilung Urologie.

Für Schlauchproblematiken aller Art.

Sag ich: Halt's Maul, du Penner!

Niemand außer mir selbst oder 'ner Hure fasst meinen Schwanz an! Das geht mir gegen jede moralische Überzeugung. Und dann am besten irgend so 'n Metzgerdoktor, der irgendwelche bösartigen Krankheiten findet und am Ende noch amputiert.

Ne danke, beim besten Willen nicht. Niemals.

Unter keinen Umständen.

So lange ich noch pissen kann, habe ich Hoffnung.

Eigentlich trägt meine Exfrau die Schuld für diesen widerlichen Zustand. Sie hat mich verlassen und hat somit Schuld.

Ja, Katharina, du bist die Sau, die mein Leben auf dem Gewissen hat und niemand sonst!

Unsere Ehe dauerte 34 Jahre, bis die blöde Schlampe auf so 'nen Selbstverwirklichungstrip kam. Das fing damit an, dass sie nicht mehr mit mir bumsen wollte, wenn ich wollte, und ich dementsprechend meinem Verlangen mit einigen kleinen Schlägen Nachdruck verleihen musste.

Sie fing dann an zu heulen, was mich teilweise so geil machte, dass ich innerhalb von Sekunden abspritzte.

Außerdem vernachlässigte sie fast alle ehelichen Pflichten, die sie mir mit ihrem Jawort in die Tasche heuchelte.

Meine Frau, meine Katharina.

Ich habe sie geliebt, so viel ist sicher, doch dann taten sich bei ihr Abgründe auf, die ich nicht im Entferntesten geahnt hatte. Eigentlich kann man sich auf niemanden verlassen.

Aber sie war hübsch. Hübscher war sie natürlich, als ich sie geheiratet habe. Aber sie ist nicht hübsch geblieben, weswegen ich mich teilweise anderweitig umsehen musste.

Triebhaft, versteht sich.

Manchmal bin ich betrunken durch die Nacht gestolpert, auf der Suche nach Sex. Ich war meistens in Kneipen und sprach fremde Frauen an. Denn ich habe es verdient, mit wunderschönen Frauen Sex zu haben.

Meine Katharina hat drei Kinder zur Welt gebracht. Danach war sie hässlich. Nach drei Geburten war ihr Körper ausgeleiert und ihr Gewebe runzelig.

Das hat sie toll hingekriegt. Kinder kriegen.

Ich habe nie gewollt, dass sie Kinder kriegt, aber sie hat es einfach getan. Zwei Söhne und ein Mädchen.

Erziehungsauftrag fehlgeschlagen.

Wer hat hier überhaupt wen beauftragt?

Mich hat nie jemand gefragt, ob ich Lust habe, diese Kinder zu erziehen. Das war eh von vorn herein eine unmögliche Mission. Katharina hat davon keine Ahnung und ich hatte dafür keine Zeit, denn ich war ein berufstätiger Mann.

Damals war ich es noch.

Gelernter Lagerarbeiter. Baustoffe.

Acht Stunden täglich. Und daheim die Brut nebst Frau. Die Schwangerschaften waren die Hölle für mich.

Ihr war es bestimmt egal. Im Nachhinein betrachtet.

Ein Sohn, nennen wir ihn Fehlgeburt Eins, hat sich bereits im Alter von neunzehn Jahren zur Homosexualität bekannt. Der kommt mir nicht mehr ins Haus. Der soll sich mit seinesgleichen vergnügen und an Aids verrecken, oder ihm soll der Schwanz abfallen.

Den habe ich fein aus der Familie ausgegliedert. Für die schwule Fehlgeburt Eins führt kein Weg zurück in mein Haus.

Niemals.

Der zweite Sohn, Herr Fehlgeburt Zwei, ist bei der Polizei, relativ erfolgreich, aber in meinen Augen ein versagender Idiot. Hat keine Frau, ist wahrscheinlich auch schwul.

Fehlgeburt Zwei kommt noch ab und zu mit 'ner Flasche Weinbrand vorbei, um seinem alten Vater einen von seinem Pseudoerfolg bei der Polizei zu erzählen.

Ich bin immer froh, wenn er wieder weg ist. Ich ertrage ihn ungern in meiner Nähe und trinken tu ich auch am liebsten allein. Er sollte mal zum Psychologen gehen und den mit seinen blöden Problemen volltröten. Und mich in Ruhe lassen und den Weinbrand per Post rüberschicken.

Meine Tochter ist ein hübsches Kind, trotzdem nenne ich sie jetzt hier an dieser Stelle Fehlgeburt Drei. Sie ist wirklich schön, aber leider fehlen ihr wichtige Gehirnwindungen zum Treffen weiser Entscheidungen. Sie ist bereits verheiratet mit so 'nem nichtsnutzigen Rumtreiber.

Sie nennt ihn freien Künstler. Der Typ schmiert bunte Farben auf Leinwände. Nennt das dann abstrakte Kunst, der Bengel. Dafür sollte man ihn einsperren und verhungern lassen. Ich weiß nicht, warum meine Tochter sich mit diesem Mann abgibt.

Als sie pubertierte, hätte ich tausendmal lieber mit ihr gefickt als mit Katharina. Es ist aber dazu nie gekommen und ich weiß bis heute nicht, warum nicht.

Gelegenheiten gab es genug.

Auf keines meiner Kinder kann ich wirklich stolz sein. Auch nicht auf die Ehe, die ich irgendwie aufrecht erhielt. Katharina hat in ihrem Job als Hausfrau und Mutter der Fehlgeburten Eins bis Drei gründlich versagt.

Gut, sie hat die Räume sauber gehalten und mir und den kleinen Fehlgeburten was zu essen gemacht.

Aber sie hat nachgelassen.

Irgendwann hat sie aufgehört eine gute Ehefrau zu sein. Ich habe ihr dann öfter mal was aufs Maul gegeben in der Hoffnung, ihre Gedanken zu ordnen. Sie zu sortieren.

Hat nichts geholfen. Irgendwann war sie einfach weg.

Und kurz darauf war unsere Ehe Vergangenheit und die Scheidung offiziell.

Dann kam die Arbeitslosigkeit. Krise in der Firma. Die Auftragslage habe sich verschlechtert, man müsse Maßnahmen ergreifen. 24 Jahre habe ich mich für diesen Laden krumm gebuckelt.

Ich war ein guter Lagerist.

Selten krank.

In mir steigt Hass auf und äußert sich durch einen heftigen Fußtritt gegen den rustikalen Wohnzimmerschrank.

Es klingelt plötzlich an meiner scheiß Tür.

Lange nicht dieses Geräusch gehört. Ist bestimmt Fehlgeburt Zwei mit 'ner Flasche unterm Arm.

Oder Katharina kehrt reumütig zurück.

Oder Fehlgeburt Eins kratzt um Gnade winselnd im rosa Anzug an meiner Tür.

Oder die Fehlgeburt Drei hat endlich ihren Künstler verlassen und will Sex mit ihrem Vater. Natürlich, sie wird es sein.

Sie kann mich retten.

Mein Kind kehrt zurück.

All diese Gedanken denke ich innerhalb einer halben Sekunde. Dann erhebe ich mich aus meinem Fernsehsessel. Auf dem Weg zur Haustür begegne ich einem Spiegel, der mich zu beleidigen versucht durch das Bild, das er mir entgegenspuckt.

Dem trotze ich.

Ich bin immer noch nicht alt, obwohl ich so aussehe.

Langsam schleppe ich mich zur Tür, öffne sie, dann geht das Licht an und schnell wieder aus ...

Stiller Killer

Stiller Killer. Schaut um die Ecke. Bringt dich um die Ecke. Ein attraktiver Mann, Mitte zwanzig.

Tötet.

Für Geld. Auch in Serie. Für mehr Geld.

Serienmörder.

Schweigt. Nur ein Nicken. Kein Handschlag zur Begrüßung. Man sitzt da und wird beauftragt, ein Problem zu lösen. Ein Herr mit maßlos überreiztem Lächeln.

Sagt, er sei Polizist.

Kein Blickkontakt. Keiner der Männer ist dazu imstande.

Der Deal ist perfekt.

Raus in die Stadt. Auf die Suche. Stiller Killer weiß, wo Opfer bald nicht mehr unter uns leben.

Es wird sein wie immer: schweigen, zielen, treffen, töten.

Wie immer.

Immer wieder.

Für die Miete. Für seinen Dresscode.

Für diverse Waffen nebst Munition.

Und für Lydia, seine Geliebte. Ein natürliches Mädchen, der Meinung, ihr Freund sei ein erfolgreicher Handelsreisender.

Lügen. Liebe. Schweigen.

Schweigen. Auf der Suche.
Stilles Opfer.
Im stillen Zimmer.
Sofasitzend, schweigend.
Wartet.

In Erwartung. Erwartet Veränderung. Dinge drehen sich im Raum. Kreisende kleine Gedanken.

Nur warten. Auf Veränderung. Schweigend. Stilles Opfer.

Dieses Viertel.
Dieses Haus.
Dieses Stockwerk.
Diese Tür. Dahinter ein stilles Opfer.
Davor der stille Killer. Ganz leise. Ganz sanft.
Still verharrend.

Drei Gedanken: zielen, treffen, töten.
Sonst nichts. Ansonsten Leere.

Türklingel. Schritte. Stiller Killer, stilles Opfer.
Ein Schalldämpfer flüstert.
Und lautlos fliegt der Kopf weg.

Fertig.
Lydia, I love you.

Lydia liebt absolut!!!

Da vorne steht mein alter Freund Benjamin. Er ist wirklich ein alter Freund. Ich kenne ihn noch nicht lange, aber er scheint so alt zu sein wie diese Welt. Dieser Mann ist so weise.

Derzeit sehe ich ihn nur auf einem Foto. Er lacht, mein alter Freund. Wahrscheinlich liebe ich ihn unermesslich.

Ich bin kein Mann. Ich bin eine Prostituierte.

Grundsätzlich verachte ich Männer wegen ihres Verhaltens beim Sex. Gott hat Männer gemacht, damit Nutten Arbeit haben.

Mein Name ist Lydia und ich glaube, ich habe mich in Benjamin verliebt.

Ich habe ihn nicht während meiner Arbeit kennen gelernt, was wahrscheinlich auch nicht zu diesen Gefühlen geführt hätte. In seiner Nähe spüre ich ihn und, wenn alles gut läuft, auch mich. Das ist aber nicht immer schön, weil ich dann viel über mich nachdenken muss.

Das tut oft weh und macht mich schlaflos in seinem Arm.

Aber es ist *sein* Arm, in dem ich in solchen Nächten liege. Und dann werde ich manchmal ganz ruhig, so ruhig, dass ich fast nicht mehr atme, aber doch atme und Benjamin beim Schlafen zusehe. Liebe wächst. Ich wachse mit.

Es ist die Auferstehung meiner Persönlichkeit. Das in mir existente Vakuum beginnt sich zu füllen.

Benjamin füllt mich auf wie eine staubige Rotweinkaraffe.

Manchmal ist alles schön mit ihm.

So schön sauber und gepflegt. Es macht mir nichts aus, nüchtern in seiner Nähe zu sein.

In seinem Apartment.

Benjamin.

Der Mörder meiner Sinne, die mit dem Hauch eines Kusses aus seiner Richtung verschwinden. Ohne Sinne kann ich elegant leben. Hätte ich Sinne *und* diesen Job, wäre mein Leben schnell zu Ende. Ich erlebe momentan die Wiedergeburt verloren geglaubter Emotionen.

Ich erkenne natürlich sofort die Gefahr.

Liebe = Verwundbarkeit
Starke Liebe = Drahtseilakt
Absolute Liebe = Tod

Mit der Zurückhaltung von absoluter Liebe vermeide ich meinen Tod, bin vielleicht ein wenig verwundbar oder gehe auf einem scheiß Drahtseil spazieren (Wovon ich als Kind immer träumte: Lydia, die weltberühmte artistische Hochkultur in absolutem Perfektionismus! Schade, heute ficke ich stinkende Unbekannte für einen Hungerlohn).

Und morgen wahrscheinlich auch noch.

Diesen ganzen Monat noch.

Dann steige ich aus, wie aus einem Zug, der am perfekten Bahnhof hält, wo der perfekte Geliebte mit einem perfekten Blumenstrauß auf mich wartet. Soweit und so weit die Träume.

Jetzt in diesem Moment winde ich mich unter einem Soldaten. Ein mechanischer Stecher mit stechendem Blick. Allerhöchstens Anfang zwanzig.

Er ist stolz auf seinen ersten, blöden, blonden Schnurrbart. Als er seine scheiß Unterhose auszog, erfüllte ein Geruch den Raum, den ich auch nur als stechend beschreiben kann. Es ist Freitag Nachmittag und ich ficke die Leiche des unbekannten Soldaten, mache dabei Stöhngeräusche und nenne den kleinen sabbernden Idioten einen geilen Hengst.

Er gibt mir 120 Euro und verlässt wortlos den Raum, nachdem er sich wieder in seinen miefigen Tarnanzug nebst vollgepupter Unterhose integriert hat.

Geh, du Arschloch und nimm deinen Gestank mit!

Zünde mir 'ne Zigarette an und denke an Benjamin. Denke an unser Kennenlernen in diesem kleinen Club.

Ich tanzend auf E. Er Anzug tragend, rauchend auf einem dieser Barhocker.

Blicke.

Dieser Typ wirkte in diesem Club so deplaziert wie ein Buch (Brecht, Goethe, meinetwegen auch Tucholsky) im CDSchubfach einer Kompaktstereoanlage ohne Energie. Ich musste ihn dauernd anstarren und unsere Blicke liefen sich an diesem Abend häufiger über den Weg.

Guten Tag, ich bin der Blick von Lydia, der Prostituierten.

Freut mich, ich bin der Blick von einem wunderschönen, intellektuellen, warmherzigen, emotionalen Mann, der Lydia aus ihrer zu kalten und menschlichen Misere retten wird. Komm in meine Welt, schöner Blick …

Später zog ich mir in circa drei Meter Luftlinie vom Schönen 'nen Longdrink rein. Wirkte neben und mit dem E wie Aufputschmittel und es ging ein Jetztodernie-Gefühl durch mich durch.

Mit zitterndem Zeigefinger der rechten Hand tippte ich ihm auf sein geil duftendes, extrem elegantes Nadelstreifensakko und er drehte sich zu mir um und warf mir einen Blick zu, der mir den Atem, den Verstand und sämtliche Körperfunktionen samt deutscher Sprache raubte. Ich sagte trotzdem was, weiß nicht mehr was, aber es war gut und reichte ihm zum Aufbau eines Gespräches.

Dann sahen wir uns öfter. Irgendwann küssten wir uns und ich hatte das Gefühl, dass etwas in mir aufbrach, von dessen Existenz ich bislang keine Ahnung hatte.

Benjamin ist Handelsreisender. Verkauft irgendeinen Elektro-EDV-Schrott an große Konzerne, sagt er. Deswegen ist er viel unterwegs, sagt er.

Aber er kann sich auf dieser Basis eine Beziehung vorstellen, sagt er.

Gut, sage ich.

Er kann sich einiges leisten durch seinen Reisejob. Schnelles Auto, elegante Kleidung, winzige Telefone und lauter anderen Mist, den kein Mensch braucht.

Benjamin scheint all das zu brauchen, um sich gut zu fühlen. Soll er.

Von meinem Business hat Benjamin keine Ahnung.

Er denkt, ich sei, wie ich erzählte, Designerin.

Für Tapeten, Teppiche, Gardinen. Aber ich bin eine verdammte Prostituierte. Verirrt im Neonlicht der Großstadt. Aber ich steige aus, wie aus einem scheiß Zug. Runter von dem scheiß Trip, von diesen Gleisen Richtung Untergang.

Bald ist Endstation und Benjamin wartet am Bahnhof auf mich.

Bestimmt.

There is noone left in the world
that I can hold onto
there is really noone left at all
there is only you
and if you leave me now
you leave all that we were undone
there is really noone left
you are the only one
and still the hardest part for you
to put your trust in me
I love you more than I can say
Why don't you just believe

The Cure – Trust

Vertrau mir

Gestern ist mir etwas zum ersten Mal in meinem Leben passiert. Aber es gibt Dinge, an die gewöhnt man sich nie so wirklich. Wie an diese Sache.

Ich brauche eine verdammte Kur und schnell noch einen Whisky und Sex. Doch der Rahmen meiner Möglichkeiten ist begrenzt. Statt Kur hab ich jetzt zwei Wochen Sonderurlaub, statt Whisky meinen billigen Korn und statt Sex nur mich selbst.

Und ich hab mich nicht mal lieb.

Es kotzt mich quasi an, mit mir selbst Sex zu haben. Ich bin einsam in einer deutschen Großstadt. Es ist eine Mörderstadt und eine Selbstmörderstadt. Und ich transportiere Mörder und Selbstmörder durch diese Stadt, denn ich lenke eine scheiß Straßenbahn durch diese scheiß Stadt.

So ist es.

Und gestern ereilte mich zum ersten Mal innerhalb von sieben Jahren dieses Straßenbahnlenkerschicksal. Selbstmörderin aus dieser Selbstmörderstadt sprang vor meinen Zug.

Einfach so.

Sie wollte nicht zusteigen, sie wollte aussteigen.

Aus ihrem Leben.

Die Polizei sagte später, dass dies ein absolut geplanter Suizid gewesen wäre. In der Hosentasche eines etwas weiter entfernt liegenden Beines von ihr fand man nämlich einen Abschiedsbrief.

Sie hieß Linda, Laura oder Lydia und war eine Prostituierte, unfähig, ihrem Sumpf auf andere Weise zu entkommen.

Als sie auf meine Scheibe klatschte, war da nur noch Blut und irgendwas in Grün und Gelb, was so runterlief. Ihr Körper verteilte sich beim Aufprall in viele Richtungen und das Geräusch von brechenden Knochen und dem Schädel auf Glas zirkulierte Momente lang vor meinem Zug.

Mein Bremsreflex löste aus, als sich die Leiche bereits über Schienen und Straßenrand verteilt hatte und etliche Passanten von den Schreien anderer herbeigelockt wurden und mich, meinen Zug, andere Passanten und Frauenleichenteile einfach nur anstarrten. Ich entstieg also meinem scheiß Zug und starrte erst mal mit.

Da lag ein hübsches Bein, ungefähr 7 Meter von hier weg, oben guckte der Oberschenkelknochen raus. Daneben stand ein altes Ehepaar und sie gafften dieses hübsche Bein an und schüttelten ihre Köpfe, während sie so starrten. Nicht weit davon der tote Oberkörper von der Hüfte bis zum Hals, blutverschmiert.

Unweit davon hatte ein junger Mann Probleme damit, seinen riesigen, sabbernden Köter zurückzuhalten, der sich über dieses Stück Menschenleichenfleisch bereits gierig hermachen wollte.

Ihr Kopf bzw. gesichtsloser Schädel lag direkt vor meinem Zug auf den Gleisen und starrte mich an, allerdings ohne Augen. Die Nase da, wo ein Kinn sein sollte und der ganze Schädel war oben offen. Aus dieser obigen Öffnung lief diese grüngelbliche Masse auf die Gleise, zähflüssig und sickernd.

Der Mund war noch an seinem Platz, daraus quoll Blut, und lächelte mich an, als ob er sagte: Danke, mach dir keinen Stress, ist schon korrekt gelaufen so.

Ich lächelte zurück und dachte: Keine Ursache, Mädchen. Kein Ding. Jederzeit.

Das war also gestern, und jetzt ist deswegen Urlaub. Die Tote ist natürlich noch da, in meinen Gedanken.

So was vergisst man nicht einfach so.

Vielleicht auch nie.

Was ich jetzt habe, ist Einsamkeit und das Bewusstsein, am Sterben von jemandem beteiligt gewesen zu sein. Frage mich, ob dies Bestimmung ist oder Pech oder Glück oder was auch immer. Irgendetwas Göttliches schwebt im Raum und ich bin unfähig, es zu erfassen und einzugrenzen, doch ich spüre auf einmal die Gegenwart Gottes.

Dann fängt Gott an zu reden und sagt, ich solle raus in die Stadt, mich besaufen. Alles klar Gott, keine Sache, hatte ich eh vor. Dann schweigt Gott, während ich mich anziehe und alles einstecke, was man brauchen könnte. Geld, Zigaretten, Kondome.

Als ich in den Spiegel blicke, gefalle ich mir ein wenig und winke mir selbst zu. Das soll laut so 'ner Psychosendung, die ich mal gesehen habe, fürs Ego sein.

Ich winke und grinse blöd.

Das ist irgendwie cool. Auf in die Stadt und in Erwartung, vielleicht noch mal mit Gott in Kontakt zu treten. Laufe erst mal los. Durch meine Straße, Richtung das, was alle City nennen. Dafür benutze ich unter anderem die Straßenbahn, das Selbstmördervehikel.

Diese hier fährt der Sven. Netter Kerl, hatte auch schon Zwischenfälle in der Art. Verheiratet, zwei Kinder.

Dann fällt mir ein, dass er eigentlich ein Arschloch ist. Egal. Er fährt dieses Teil und bringt mich in die Partyzone der Stadt. Vom S-Bahnhof sind es nur circa zwei Kilometer Fußweg, bis man die erste passable Kneipe erreicht. Ich erreiche sie und sie ist voll und stickig.

Stehe plötzlich an der Bar und Gott bestellt durch meinen Mund vier Gin Tonic. Die Thekentussi schaut mich ein wenig unglaubwürdig, geringschätzig und herablassend an, und zur Erheiterung meines Geistes stelle ich mir vor, wie ich sie mit der Straßenbahn überfahre.

Sie ist zu Fuß auf den Gleisen unterwegs und kann da irgendwie nicht runter und rennt sich vor meinem Zug die Lunge aus dem Arsch. Irgendwann kriege ich sie und höre nur noch ein sanftes Knistern und danach ein Schleifgeräusch. Zunächst Fleisch auf Stahl, dann Knochen auf Stahl und dann nix mehr.

Gott in mir (Wie ist er überhaupt hier reingekommen?) scheinen diese Gedanken nicht zu gefallen, er segnet mich kurz darauf mit Herzstechen und Kopfschmerzen, die aber nach den ersten beiden Drinks im Sturzflug nicht mehr relevant sind.

Ich setze mich auf einen Platz in der Ecke und genieße die verbleibenden alkoholischen Getränke. Genieße, wie ich langsam breit werde und sich meine Gedanken überschlagen.

Plötzlich mischt sich Gott in mein Gehirnstimmengewirr ein und verlangt von mir, in diesem Laden eine Schlägerei anzuzetteln.

Da bin ich nun mal überhaupt kein Typ für, aber ich bin breit und dank Gott aggressiver Stimmung.

Er versteht es, mir revolutionäre Gedanken einzuhauchen.

Nun ja, meistens fängt so was doch an 'ner Bar an. Ich also hin, weitere Getränke bestellt.

Zwei Cocktails mit blöden Schirmen und Glitzergammel – einer rot, der andere blau. Und drei Basisbiere und das alles für meinen Körper. Die Tussi hinter der Theke überlegt kurz und denkt wohl, sie kann mit mir einen guten Deal machen. Besoffenes Publikum ist immer das dankbarste.

Sie stellt mir die Gläser hin und lächelt süffisant. Will natürlich sofort die Kohle sehen. Statt dieser bekommt sie erst mal 'ne Cocktaildusche. Ich schütte ihr den blauen Cocktail aufs TShirt. Die Tussi brüllt sofort los.

Zwei Kerle stehen unmittelbar auf. Der eine ist wohl mit der Thekenschlampe liiert. Der andere sieht aus, als könne er nicht sprechen, weil er keinen Mund hat. Vielleicht sieht das auch nur so aus, weil ich total breit bin.

Auf jeden Fall nennt mich der, der sprechen kann, ein besoffenes Stück Scheiße. Ich muss lachen, weiß selbst nicht warum. Der Typ ohne Mund steht plötzlich hinter mir und hält meine Arme fest. Ich lache weiter, weil diese beiden Typen, diese ganze Szenerie extrem vom Klischee beseelt sind.

Das reinste Filmspektakel.

Die Schläge, die ich vom Partner der Thekenfrau in der Magengegend spüre sind dann nicht mehr wie im Film, sondern machen sehr reale Schmerzen. Trotzdem lache ich weiter, was den Typen, der da auf mich einprügelt, ziemlich wild zu machen scheint. Ich fühle, wie mein Gesicht an der Wange aufplatzt und warmes Blut in meinen Mund läuft.

Um den mundlosen Mann hinter mir, den starken Mann vor mir und mich in der Mitte hat sich ein Kreis von Menschen gebildet, wie gestern um die verstreuten Leichenteile. Ich werde verprügelt und lache zwischen den Schlägen, die mich treffen.

Dann sagt Gott, ich soll ohnmächtig werden, und ich sage: «Gut.» und verliere das Bewusstsein.

Lachend.

Ich werde schmerzfrei wach und liege in einem fremden Raum. Das erkenne ich sofort, denn bei mir zu Hause gibt es einen typischen Ich-Geruch, den niemand kopieren kann. Geht einfach nicht.

Zunächst glaube ich, ich bin tot, erinnere mich an Gott und seine schöne Stimme. Bestimmt bin ich im Himmel. Ganz bestimmt, denn neben mir liegt ein Engel.

Eine nackte blonde Frau. Ohne Flügel. Keine Ahnung, wie ich hierhin gekommen bin. Aber es sieht hier gut aus und es riecht erregend.

Als ich mir die Frau noch mal genauer ansehe, speziell ihren Mund und ihr Bein, bemerke ich, dass sie der Leiche, die ich vorgestern mittels Zug in ihre Einzelteile zerlegte, total ähnlich sieht. Sie macht die Augen auf, sieht, dass ich wach bin, und küsst mich auf meine Unterlippe.

Ich frage mich nicht warum, weil ich das gut finde …

Später frühstücken wir und ich nenne sie Marion, weil sie so heißt. Aber ich weiß nicht, warum ich das weiß.

Sie erzählt noch ein bisschen, wie sie mich auf der Straße fand und einfach mit nach Hause nahm.

Plötzlich führe ich eine Beziehung. Ein mystischer Augenblick, der sich in mein Bewusstsein schleicht.

Mich durchdringt.

Wahrscheinlich war ich zur korrekten Zeit am richtigen Ort …
Genauso wie Marion.
Und wie Linda, Lydia oder Laura oder wie die hieß.
Alles stimmt. «Lass uns ficken, Baby!!!»

Sophie goes to Notaufnahme

Tunnelblick.
Das Glück der anderen, einer Freundin.
Vorhin. Am Telefon. Aufgesogen.
Kurzzeitig mitgefreut mit Marion.
Jetzt Tunnelblick.

Bevor sich noch keine Menschen über mich beugten, kümmerte ich mich um mein Befinden. Wollte es verbessern mit mir zur Verfügung stehenden Mitteln.

Koks, Ecstasy, Techno. In dieser Reihenfolge.

Zwischendurch laufend Alkohol. Allein in zwei Zimmern.

Durch die Nase. Durch den Mund.

Dann diese Technoidee.

Raus aus den zwei Zimmern, rein in ein großes. Viele Menschen, viele Lichter, viel Musik, ganz laut. Nicht unterhalten, nur tanzen.

Den Körper schön tanzen. Bewegen, schwitzen. Laufend Alkohol. Allein schön trinken. Und die Welt um mich versinkt.

Langsam oder im Takt der Beats. Die Bar erkennt mich immer wieder. Findet mich. Hilft mir ins Delirium.

Danke Bar, ich bin dankbar, Bar. Und Barmann, auch gut.

Sexy.

Später dann Toilette. Das «Pearls Girls Elite Pissoir». Haarsprayjunkies ohne sonstige Kultur.

Reden mit Spiegeln, in denen ihre verzerrten Gesichter sterben.

I was really undertained until I wrote «I love you» with cocaine on the edge of the toilet.

Kurze Pause nach nasalem Genuss.
Ein wenig genesen. Sehr gut.
Die Beats verfolgen mich bis hierher. Will mich ihnen erneut hingeben.
Bewegung. Mädchen tanzt. Sophie goes to Notaufnahme. Tanzend. Das große Zimmer wird in Reihenfolge der Beats größer und kleiner. Die Lichter haben Gesichter und Stimmen. Erzählen sich Geschichten. Schweigt, ich will tanzen. Also tanze ich. Das Zimmer überschlägt sich und in meinem Kopf bricht Feuer aus.

Schwarz.

Wir haben sie wieder, sagt ein Typ in Weiß. Ein anderer Typ in Weiß lächelt, als ich die Augen aufreiße. Ich sehe seine schiefen Zähne. Jetzt grinsen beide.

Ich will atmen und da ist was auf meinem Mund mit Schlauch dran. Kann mich nicht bewegen.
Ihr Schweine.
Ihr weißen Schweine ...

Notaufnahme, nimm mich in die Arme ...
Lasst mich bitte nie mehr gehen.

... revolution for ever
succession of the seasons
within the blood of nature
all raised to rot and die
this purity, purity
is a lie ...

New Model Army – Purity

Terrorkuss

Das Ausmaß der Liebe ist grenzenlos. Die Unvergleichbarkeit dieser Küsse entfaltet deren Ausmaß. So denke ich über seine Revolution.

Unvollendet, aber begonnen.

Giftgasalarm!

Darauf habe ich gewartet. Die Chemiefabrik brennt, endlich. Energie intelligent nutzen und Intelligenz energisch nutzen.

Terrorismus.

Für Unverantwortung verantwortlich gemacht.

Ich weiß, wer es getan hat, fahre aber aus anderen Beweggründen zu dieser Fabrik. Dies ist der nächste Bürgerkrieg in diesem Land. Bürger begünstigen das Flammenspiel. Entmachten die Macht durch Zerstörung der Machtkennzeichen. So war es geplant und endlich tut sich was. Und noch stehe ich auf der falschen Seite.

Noch.

Denn beruflich torpediere ich einen Rettungswagen durch die Schneisen und Kluften einer Großstadt.

Erhalte Menschenleben.

So wie letzten Sonntag, als sie vor mir lag.

Opferprinzessin.

Geopfert dem System. Hat sich selbst geopfert. Ein wunderschönes Mädchen. Ein Mädchen zur Bereicherung einer wertlosen Statistik. Sie war zu jung, zu allein und zu zugedrogt.

Diese junge, einsame Zugedrogte lag in ihrer Kotze auf dem düsteren Parkplatz dieses kaputten Technobunkers. Als wir ankamen, war sie eigentlich schon gegangen.

Wir holten sie zurück. Und kurz darauf hoffte ich, dass sie uns das vergeben kann. Wir ließen ihren Puls künstlich wieder aufflackern. Herz auf Starkstrom.

Lieber hätte ich sie sterben lassen, denn ihr Blick war leer und doch voller Todessehnsucht. Doch es ist unser Job, so zu sein wie Engel. Fürsprecher des Lebens, selbst des unlebbaren Lebens. Auch bei noch so gravierender Sinn-, Hilf- und Gedankenlosigkeit.

Wir geben immer alles, beim Fahren und beim Reanimieren. Wir sind Profis. Lebenserhalter. Wir fragen nicht, wir handeln. Meistens denken wir gar nicht nach, sondern handeln laut Ablaufplan. Wie so oft.

Etwas steht geschrieben: bestimmte, erprobte und garantierte Verhaltensregeln, ansonsten ist alles nichts. Für mich sind dies Standard-Ernstfälle, aber ich glaube, heute gibt's was zu feiern ...

Nach kurzer persönlicher und etwas länger anhaltender beruflicher Raserei dann endlich ...

... vor Ort. Atemschutzgeräte angelegt. Rein ins Feuerunwesen. Der Himmel über uns glänzt neongrün, als wir eintreffen: apokalyptische Atmosphäre. Überall giftige Glut. Wütende Macht. Viel bunter Rauch. In allen Gebäuden auf diesem Gelände vernichten Flammen in verschiedenen Farben Häuser und Häuserteile.

Flammentanz gegen Bausubstanz.

Was stand, fällt. Aus allen von hier aus sichtbaren Fenstern schreit Feuer nach draußen. Ich begrüße die Flammen, denn ich kenne ihren Sponsor.

Die ersten Arbeiter und Funktionäre mit verbrannter Haut werden uns von den bereits vor Ort agierenden Feuerwehrmenschen und Rettungsassistenten vor die Füße gelegt. Sie atmen ihre vergiftete Luft.

Die Luft, die sie in Auftrag gegeben und entwickelt haben.

Ich behandele Arbeiter. Mit Vorliebe.

In sie kann ich mich besser hineinversetzen. In ihren Schmerz, den heutigen und den sonstigen. Ich lindere ihre Schmerzen mit großen Dosen Morphium. Bin dankbar für die Ruhe, die sich nach solchen Injektionen auf ihre Gesichter legt.

Bei diesen Funktionären verfahre ich ein wenig anders. Sie liegen verbrannt und vergiftet vor mir, ihre Haut hängt in Fetzen von ihren fetten Leibern herunter und sie winseln um Schmerzlinderung.

Ich verstärke ihren Schmerz, wenn sie außer Lebensgefahr sind, soweit es mir meine medizinischen Fähigkeiten und Möglichkeiten erlauben.

Es gibt spezifische Medikamente, die wir an Bord unseres Rettungswagens führen, die hervorragend dazu geeignet sind, dass jemandem seine körperlichen Schmerzen noch deutlicher werden, als sie es ohnehin schon sind.

Schmerzverstärkermedikamente sind schon eine gute Sache.

Fühlt das Elend, das ihr selbst in die Wege geleitet habt! Ich präsentiere euch voller Stolz: Schmerz!

In einer noch nie dagewesenen, brutalen Form und in zahllosen Farben. Seht eure Arbeiter und sonstige Opfer, die ihr macht. Erkennt die Natur, die ihr vertrieben und vergiftet habt. Sie schlägt durch einen Gesandten zurück.

Fühlt und schaut und erkennt in den Augen der Opfer den Schmerz, der euch gebührt.

Ich verbinde Arbeiterwunden. Ich rotiere, helfe. Die Luft macht mich high. Immer noch grüne Wolken.

Ein kaputter Horizont.

Er hat es tatsächlich geschafft.

Vor zwei Wochen bekannte sich der Attentäter zu dieser Tat. Ein zufälliges Bekennergespräch mit einem guten Freund. In seiner Wohnung. Bei gepflegten Rauschmitteln wie Bier und THC. Er ist ein Terrorist, ich bin nichts.

Von seiner Wand starrt Che Guevara ins Leere.

Gegen Imperialismus. Starrt er.

Wie überall, denke ich, cool, sage ich. Aber er ist nicht wie alle. Er ist mein Freund und ich achte seine Werte, die ich teilweise auch selbst vertrete. Nur ist er der Terrorist und ich bin der Pisser mit Sozialberuf.

Revolutionsunfähig.

Später ist es echt cool, denn in diesem Ambiente breit zu werden, ist ein durchaus vertretbares Phänomen. Ich war hier schon öfter breit. Immer wieder war es ein wahrhafter Genuss.

Während ich mich langsam an ihm und an umherstehenden Getränken berausche, revolutioniert mein Freund alles, was systematisiert ist. Wir sind die High Society. Ich trinke mit ihm und Bier rinnt unsere diskussionsfreudigen Kehlen hinunter. Betäubt unseren Intellekt, ohne ihn wirklich einzuschränken.

Wir zerreden die Demokratie und lachen sie aus.

Dann fängt er von dieser Chemiefabrik an. Und von seinem Plan, diese zu zerbomben. Sie sei ein Signum für die Unvernunft des Menschen und für seinen Mordwillen gegen die Natur. Industriepalast sprengen.

Weg damit. Weg.

Da ist der Hass in seinen Augen, dieser Hass macht ihn zu einem liebenswürdigen Menschen.

Absolut.

Jede meiner Emotionen und jeder meiner Gedanken ist in diesen Sekunden bei ihm.

Er hatte bereits Einzeltätereinzelheiten für diese Tat auf seinem Tisch liegen. Hatte einen Rohbauplan der Chemiefabrik. Oben stand in fetten Buchstaben in seiner Handschrift:

Luftschacht = Bombenschacht.

Das fand ich amüsant. Er nicht. Damals konnte er auch bereits die ersten selbstgebastelten Bomben präsentieren und ich bemerkte, dass ihn niemand mehr aufhalten kann. Geplant sei, getarnt als Handwerker Bomben zu deponieren. Der Termin ist gemacht und in der betreffenden Firma ist er bereits beschäftigt. Auch, wenn er eventuell nicht rauskommt, sei diese Aktion im Moment das Wichtigste für ihn und seine politisch-emotionale Seele. Sich notfalls für die Sache opfern, das war schon immer seine Angelegenheit.

Zerstörung des Materials stand für ihn bei seiner Aktion im Vordergrund. Ich freute mich für ihn. Genoss seine Nähe weiterhin. Die Revolution in seinem Kopf war so schön warm und menschlich. Und ich trank und er trank und wir ertranken in unseren Gedanken.

Aus seiner Musikanlage schrie alter Punkrock unvergessene Parolen. Wir schreien auch. Ich bin frustriert, er kampfbereit.

Aber ich unterstütze ihn mit meiner Frustration. Für diesen einen guten Freund. Wir liegen übereinander. Kugeln uns über den Boden. Kotzen auf seinen Teppich. Saufen weiter.

Zelebrieren unsere Freundschaft.

Die Parolen aus der Vergangenheit haben wir zusammen entdeckt. Damals, in unserer gemeinsamen Jugend. Er lebt sie, ich schaue ihm zu. Manchmal wäre ich gern wie er. Aber ich bin ein Arschloch und rette Leben.

Es brennt immer noch. Sie ziehen fast nur noch Leichen ins Freie. Menschen mit in die Haut eingebrannten Anzügen und ohne Augen. Trotzdem schreien sie.

Klar schreien sie.

Ihnen zerlegt ihr Gift ihre Atemwege und ihre Lungen implodieren. Viele spucken Blut. Das ist der neue Bürgerkrieg. Die Rache der eigentlich Verlorenen.

Das macht Hoffnung.

Wir arbeiten nicht mehr, wir reagieren nur noch. Mullbinden sind alle. Morphium auch. Scheiße.

Die, die noch leben, begreifen schmerzvoll das Sterben.

Zwei Feuerwehrleute legen mir einen Verbrannten auf einer Bahre vor die Füße. Er müsste eigentlich Schmerzen haben, seine Bauchdecke ist aufgerissen. Seine Därme bewegen sich bei jedem flachen Atemzug. Im selben Rhythmus tritt Blut aus dieser Wunde aus.

Aber er lächelt.

Selbstzufrieden.

Ich erkenne, dass er es ist.

Er ist nicht rausgekommen. Er erkennt mich nicht.

Als ich bemerke, dass er es ist, beginne ich zu kämpfen, mit allen Mitteln, die ich noch zur Verfügung habe. Ich kämpfe um ihn, um seine Vitalzeichen. Beatme ihn. Lasse sein Herz zucken. Er soll zurückkommen.

Bitte komm zurück, du Arsch, die Welt braucht dich. Komm wieder. Geh nicht. Ich verzweifele über meine Handlungen, ihn in die Welt der Sterblichen zurückzuholen. Mache erneute Versuche. Sinnlos. Er ist gegangen.

Die Zeit steht stiller als still. Unglaublich.

Ich begleite seine letzten Atemzüge unter unterdrückten Tränen. Erst als er nicht mehr atmet, breche ich vollends in Tränen aus. Alles würgt sich durch alle Öffnungen meines Körpers. Tränen machen mich blind und mein eigenes Leidgeschrei taub.

Die Unmöglichkeit dieses Vorkommnisses und die reale Präsentation vor meinen Füßen erlauben mir keinen Atemzug. Ganz trocken die Trauer und ganz wild und bunt die Gedanken. Ich schreie.

Ich kotze. Erinnerungen. Tränen. Ich kotze Erinnerungen und Tränen. Einen großen Haufen bunter Gedanken.

Das Werk ist vollbracht, der Märtyrer verbrannt. Ein Abschiedskuss dem Verbrannten.

Bruderkuss.

Mit aller Liebe. Ich umarme seinen blutüberströmten Körper. Sein Aktionismus war ein voller Erfolg.

Er verschwindet und meine Gedanken lösen sich auf.

Gesten & Geräusche sensibilisieren

(... ein Musikfilm, kein Videoclip ...)

Seitdem ich keine Arbeit mehr habe, treffen wir uns wieder häufiger zum Musizieren. Arbeitslosigkeit macht ganz schön kreativ und unser Sound kristallisiert sich langsam heraus. Anfänglich spacige und stark drogenbeeinflusste Sessions haben sich zu Songs entwickelt, die mir und meiner Frauenband aus unseren Herzen und Seelen schreien.

Es ist keine typische Rockmusik, sondern eine Mischung aus vielen Elementen unzähliger Stilrichtungen. Mit viel Energie und Groove, rund und melodiös. Auf der anderen Seite aber ein disharmonisches Soundgebilde voller Kaputtheit und unausgelebter Sehnsucht und niemals enden wollender Leidenschaft.

Franziska am Bass, Eva am Keyboard, Luisa singt und spielt Gitarre und ich sitze am Schlagzeug und aromatisiere unsere geile Musik mit Rhythmusarbeit. Diese geniale Zusammenkunft trägt den Namen *Gestures & Sounds*.

Die Arbeitslosigkeit kam irgendwie ganz schön plötzlich. Irgendein durchgeknallter Weltverbesserungsterroristenfreak hat den Laden, in dem ich als Chemielaborantin arbeitete, in die Luft gejagt. Mit allerhand Sprengstoff in Einzeltäterschaft.

Meinen Respekt hat der Mann, der dabei ums Leben kam und so in der lokalen linksextremen Szene zum Helden avancierte.

War 'ne krasse Aktion und deutschlandweit über zwei Wochen in den Medien.

Ich habe diesen Job gehasst, denn er war dabei, mich langsam zu vergiften. Die Substanzen, mit denen ich hantierte beziehungsweise die ich zu produzieren hatte, waren hochgradig giftig und total gefährlich für die menschliche Lunge. Das wurde aber geheim gehalten von unserer eigenen Entwicklungsabteilung. Die dortigen Mitarbeiter wurden sehr druckvoll vom Management instruiert, doch über die Gefährlichkeit der von unserer Abteilung verarbeiteten Stoffe keine Worte zu verlieren.

Ich erfuhr das so nebenbei vom Robert, einem Arbeitskollegen aus der Entwicklung. Mit dem hab ich mich super verstanden. Außerdem ein hübscher Typ mit geilem Körper. Wir haben auch mal gebumst nach 'ner Betriebsfeier. Seit diesem Tag sogar öfter.

Der Typ wollte 'ne Beziehung mit mir, aber da bin ich kein Typ für. Muss gestehen, dass ich gedanklich an jemanden gebunden bin, der mich vor langer Zeit unerwarteterweise in absolut kalter und obszöner Weise verlassen hat. Ich war ein naives Mädchen und brutal naiv verliebt. Er ging und hinterließ eine Frau mit der Erfahrung, dass Vergänglichkeit Männersache ist. Aber er ging und nahm wichtige Teile von mir mit, die ich zum Führen einer ordentlichen Beziehung mit total viel Emotionsinvestition eigentlich benötigte.

Robert ist bei dem ‹Unglück› draufgegangen, verbrannt, was ich eigentlich sehr bedaure, denn zum Ficken war er gerade gut genug.

Er hatte diesen absolut erregenden Hüftschwung drauf, wenn er so in mir drin war. Und wenn er diese Hüftsache machte, war ich innerhalb von wenigen Sekunden voll weg von diesem Planeten.

Far out of space. Aber ihn kann ich zumindest vergessen. Ziemlich schnell.

Seine Beerdigung war langweilig, die vom Chef war viel spannender. Gab auch mehr zu saufen und zu reden. Der Laden ist weg. Und auch diese Tatsache kann ich bequem und ohne viel sonstigen gedanklichen Aufwand hinnehmen.

Wir treffen uns bei Franziska – im Keller ist unser Proberaum. Der Keller ist kalt, denn es ist Herbst und er ist heizungslos. So langsam trudeln alle ein.

Freitag Nachmittag in diesem kalten Keller. Wir spielen uns langsam warm. Ein paar Beats, eine paar Gitarrenakkorde, ein paar pumpende Bassriffs, ein paar elektronische Soundeffekte ballern chaotisch durch den Proberaum, prallen an Wänden ab und beglücken die Erzeuger und Akteure.

Dieses Geplänkel brauchen wir Mädels, um die Köpfe frei zu machen. Dieses Geplänkel geht dann auch nahtlos in den ersten Song über, den wir gemeinsam arrangiert haben. Titel: *Raped Teen Girls fuck back*. Wir legen Wert darauf, nicht so zu sein, wie die meisten Musiker, das manifestiert sich meiner Meinung nach ja schon in den Songtiteln und im Bandnamen.

Und natürlich in den Persönlichkeiten der beteiligten Musikerinnen. Franziska ist überzeugte Singlefrau. Ist lesbisch. Spielt seit sechs Jahren Bass und das heftigst gut. Sie war zuvor in einer Emanzenaktivistinnenkapelle tätig, mit Namen *Dying Penis*.

Produzierte in diesem Zusammenhang gradlinigen und sehr aggressiven Punkrock. Diese Band scheiterte an einer bandinternen Liebesbeziehung. Franzi redet darüber ungern, denn sie war der Auslöser für dieses bandinterne Dilemma.

Eva hat gerade eine Trennung von einem ziemlich schwer einzuschätzenden Typen hinter sich, war aber schon vorher magersüchtig. Was sie isst, kotzt sie eigentlich auch wieder aus. Sie ist hochgradig depressiv und genauso hochgradig intelligent.

Ihr Keyboard ist 'ne wahnsinnige Bereicherung zur Erreichung emotionaler Tiefe in unserer Combo.

Gitarristin und Sängerin Luisa ist meine beste Freundin. Ein absoluter Emotionsmensch. Schreibt auch die Texte. Eine introvertierte, intelligente Frau mit kindlichem Antlitz. Ich kenne sie seit mindestens 10 Jahren. Ihr Elternhaus, ihr gesamtes Umfeld. Sie arbeitet als Altenpflegerin. Sieht jeden Tag Kot und Sterben. Ihre musikalischen Fähigkeiten bewundere ich.

Kombiniert Schrei, Flüster und Melodiegesang zu verzerrter und akustischer Gitarre.

Unser zweiter Song hat sich ebenfalls schon verselbstständigt. *Female Serial Killer Noise System.* Ein sehr derber Song. Angelehnt an den Titel auch die Musik: heftig derb, ablehnend, schnell, trotzdem melodiös und irgendwie sehr weiblich.

Ja, ein weibliches Lied. Und laut.

Sehr laut.

Auch die weiteren zwölf Songs, die wir bereits fertiggestellt haben, folgen einfach so – ohne Absprache – aufeinander.

Und plötzlich ist es Nacht und wir sitzen noch im Keller und trinken was. Planen weitere Aktivitäten.

Ein erster LiveAuftritt im Jugendzentrum ist das Thema. Einzig und allein völlig gegen diese kulturbereichernde Maßnahme ist Luisa. Scheiß potentielles Publikum, meint Luisa. Hat wahrscheinlich Recht.

Aber die Gute wird demokratisch überstimmt und somit steht die Entscheidung, da mal mit unserem Bandkonzept aufzutreten. Wir sind alle mal geil drauf, unseren Sound auf die Öffentlichkeit loszulassen und sei das Forum noch so klein.

War auch kein großartig bürokratischer Akt. Ich nahm das in die Hand. Es bedurfte zweier Besuche und dreier Telefonate und der Gig stand.

Sogar mit Gage und den ganzen Abend frei saufen.

Perfekter konnte doch Vororganisation gar nicht laufen, dachte ich.

Der Veranstalter, also dieser simple Jugendclub, bewarb dieses angehende Spektakel genauso heftig wie wir als Band selbst. Gedruckte Flugblätter mit unserem Bandnamen. Schwarzweiß. Ein Foto der nackten Franzi drauf, wie sie so ganz obszön dasteht, als wolle sie sagen: Männliche Besucher dürfen nach dem Gig die Band ficken. Für umsonst!

Sie will so was aber nicht sagen. Würde sie nie. Eher würde sie sterben. Aber ich interpretiere dieses Foto auf diese Weise. Auf jeden Fall war es eine Provokation in unserem Sinne.

Lokale Presse interessierte auf einmal, was die jungen Frauen auf dem Land so für Kultur schaffen.

Der gaben wir ein böses, sexistisches, gewaltverherrlichendes Interview. Das ließ den Mann von der Zeitung völlig sprachlos und uns lachend zurück. Das Interview wurde abgedruckt, jedoch in krass zensierter Form, so, dass wir unsere Aussagen nicht wiedererkannten.

Aber das war uns egal, wir waren mittlerweile alle geil darauf, unsere Mucke live auf die Bühne zu bringen – sei das Publikum noch so unreif und zahlenmäßig sogar der Band unterlegen.

Damit rechneten wir natürlich, was uns aber zusammenschweißte und irgendwie mit Stärke und dem Gefühl, erhaben zu sein, beglückte.

Am Auftrittstag trafen wir uns vier Stunden vor Auftrittsbeginn zum Aufbauen und Soundcheck. Eva war die letzte, die auftauchte. Sie sah scheiße aus, hatte wohl grade wieder 'ne Kotzorgie hinter sich. Sagte nix, schaute nur. Später erzählte sie, ihr Ex hätte sie angerufen und sie ernsthaft bedroht.

Bei ausbleibender Rückkehr zu ihm wolle er ein paar fiese Schläger auf den Weg zu Evchen schicken. Emotional würde sie das sehr beanspruchen. Angst, sagt sie, hat sie vor ihrem Leben. Und auch um ihr Leben. Die Arme.

Das Mixing übernahmen wir selbst, hatte auch keiner von den extrem sozialen Sozialpädagogen («Ey du, klasse ey, 'ne Mädchenband»), die uns das riesige Mischpult hingestellt hatten, Ahnung von.

Als der Sound soweit stand, verpissten wir uns zum Saufen hinter die alte Halle. Franzi hatte so 'n paar krasse Drinks dabei. So welche, die im Bauch weh tun und die Gedanken vom eigentlichen Leben ablenken. Wir tranken uns die Nervösität aus den Leibern.

Wirkt. Schmeckt nicht. Egal. Evchen und Luisa hatten die ganze Zeit was zu regeln, wo wir zwei anderen nicht so hinter kamen. Egal. Wir sind alle vier mächtig gut befreundet und mir persönlich ist egal, wenn sich mal zwei abkapseln. Evchen hatte Probleme, das konnte man ihrer Art zu sprechen anhören und ihren Gesten ansehen. Gesten und Geräusche, wenn ich mich nicht täusche.

22.34 Uhr. Showtime, Ladies.

Dann standen wir auf der Bühne, vor mehr erwartungsvollen Augen, als uns lieb war. Der Laden war megavoll.

Ein überwiegend männliches, erschreckend aufmerksames Publikum. Irgendwie waren wir alle ziemlich angetrunken, als Luisa die ersten Takte von *My Love is a Nazi-War* völlig versaute. Sie spielte die falschen Akkorde und sang total unverständlich. Auch Franzis Bassgezeter passte in keinster Weise mit dem von mir angestimmten Takt zusammen.

«Kacke!», dachte ich – leider laut ins Mikrophon, das neben dem Schlagzeug stand und natürlich aktiviert war. Direkt vor der Bühne bekamen zwei so Kulturfetischisten 'nen völligen Lachflash wegen dem kaputten Auftakt und ich 'nen riesen Hass auf die beiden. Plötzlich lachte 'ne ganze Hand voll Leute, angesteckt von denen, die vorher lachten und die ansteckend, die noch nicht lachten.

Mir war diese Situation megapeinlich, versteckte mich hinter den Becken des DrumKits. Bierbecher flogen auf die Bühne, Pfiffe und Beschimpfungen hinterher. Wir hätten auf Luisa hören sollen, diese Meute ist keine kulturellen Höchstleistungen gewohnt. Dies Publikum ist megascheiße. Dann …

… hörte ich einen Schuss. Wurde von der Bühne abgefeuert. Aus der Knarre von Eva. In die niedrige Decke des Jugendclubs, wo ich Bausubstanz sich lösen sah.

Es kehrte augenblicklich Stille ein.

Lachen verstummte. Wurde abgelöst von ängstlichem Fußscharren einiger Gäste über den Kunststoffboden des Clubs. Ich hatte gar nicht mitbekommen, wie sich Luisa von der Bühne entfernt hatte und Richtung Eingangstür geschlichen war. Hatte diese abgeschlossen und den Schlüssel eingesteckt.

Irgendwo untergebracht in ihrer engen Hose. Schlich nun wieder auf die Bühne und griff sich in diese Hose. Holte was raus, ebenfalls 'ne Schusswaffe, ziemlich großes Kaliber.

Einige Leute fingen an zu quiekten beim Anblick der beiden bewaffneten Mädels auf der Bühne. Die Angst in diesem Raum war deutlich zu spüren.

Luisa steuerte ihre eleganten Bewegungen Richtung Frontmikro: «Cool, dass ihr so zahlreich erschienen seid. Dies ist das allererste Konzert von *Gestures and Sounds*. Ein experimentelles Konzert einer experimentellen Rockband. Dies ist eine kulturelle Geiselnahme. Diesen Saal wird niemand der hier anwesenden Schönlinge verlassen, bevor nicht das Konzert dieser Band eure scheiß Köpfe erobert und besiegt hat.»

«Scheiß Köpfe», hauchte sie erotisch, wie nie zuvor gehört. Sie blickt um sich. Eva zielt mit ihrer Knarre wahllos in die Menge. Das Publikum ist in Panik. Die meisten irgendwie in geduckter Haltung. Viele drängen Richtung Tür. Die ist aber zu und bleibt es vorerst auch.

Franzi sitzt mit ihrer Bassgitarre behangen auf dem Bühnenboden und hat sich 'ne Zigarette angesteckt. Ich bücke mich immer noch hinter meinen Becken und Hängetrommeln, von wo aus ich irgendwie das Gefühl habe, bei ner Fernsehliveübertragung zuzusehen. Ist nur alles sehr real.

Zu real. Besonders die Angst der Leute.

Und der Wahnsinn von Eva und Luisa. Luisa richtet die Knarre auf mich und haucht: «Intro.»

Meine Drumsticks sind schon dunkelbraun angelaufen vom Schweiß meiner Hände. Ich versuche, Luisa mit meinem Blick zu besänftigen. Scheint aber irgendwie nicht hinzuhau'n, denn sie schaut schnell wieder weg. Versuche, Diplomatie in meinen Blick zu legen, aber die anderen drei, die dieser Blick streift, bleiben davon unbeeindruckt. Franzi spielt das Bassriff von *My Love is a Nazi-War*, jetzt ein wenig sauberer.

Luisa lässt ihre Gitarre liegen und beginnt nur zu singen. Sie schaut sich zu mir um und das sehe ich als sehr ernst gemeinte Aufforderung, mit dem Schlagzeugspiel zu beginnen. Ich steige mit dem nächsten Takt ein und spiele wie von Sinnen bzw. so, wie es der Song und dessen Komponistin verlangen.

Luisas Stimme klingt diabolisch.

Sie wirkt wie eine Außerirdische, wie sie da so an ihrem Mikrofonstativ hängt und irgendwo singt wie Madonna, nur viel psychotischer.

Ab und an lässt die Eva noch ein paar Samples oder Soundeffekte vom Keyboard laufen, während sie das Interesse der vor der Bühne befindlichen Masse Mensch mit ihrer Waffe an sich bindet.

Niemand sagt ein Wort zu dieser doch recht alternativen Version unseres Eröffnungsliedes. Das Lied dauert circa zwei Minuten. Als es zu Ende ist, schweigen die Leute. Das macht Luisa und Eva wütend.

«Nicht gut genug?», fragt Eva, lädt ihre Schusswaffe durch und richtet sie unkontrolliert und zitternd auf die Leute vor der Bühne. Schreie dröhnen durch den kleinen Saal. Eva drückt ab und trifft einen Typen in 'ner Jeansjacke ins Knie. Der bricht jaulend zusammen und durch die Leute, die daneben stehen, geht ein ängstliches Gemurmel und Geheule. Der Typ am Boden hält sich jammernd sein kaputtes, blutendes Knie.

Niemand hilft ihm.

«Applaus, ihr Wichser, ist wichtig für Künstler, quasi unser Brot. Ohne Brot verhungern wir tragisch», sind Luisas wiederum sehr erotisch gehauchten Worte. Dann ertönt ein wenig Beifall, der sich schnell verstärkt und richtig laut wird. Luisa lächelt Eva an, die beiden lächeln Franziska an und plötzlich lächeln alle drei mich an.

Ich schwitze wie Sau, hab aber irgendwie die unbändige Lust zu rocken. Schlage meine Sticks übereinander, zähle 1 – 2 – 3 – 4 und schon befinden wir uns im nächsten Song: *Fuck Luck.* Wieder dieselbe Szenerie, wie in Song Nummer 1. Bassfrau bester Laune am Rumrocken, Keyboarderin in obszöner Haltung hinter ihrem Instrument, eine Waffe auf ihr Publikum richtend, Sängerin verschmelzend mit dem Mikrofonstativ, ebenfalls in einer Hand eine entsicherte Schusswaffe, die sie bei einigen Textpassagen auf das Publikum, bei anderen auf sich selbst richtet.

Die Leute haben schnell gelernt und klatschen gezwungenermaßen heftigst Beifall, nachdem der Song endet.

Luisa grinst breit, geht zu Eva und küsst sie auf die Wange. Die nächsten Songs werden auch allesamt sehr frenetisch vom Publikum gefeiert, obwohl kein Arsch hier Musik und Text jemals zuvor zu Ohren bekommen hat. Nach 'ner Dreiviertelstunde haben wir unser Programm durch.

Luisa sieht glücklich aus.

«I have no more respect», schreit meine beste Freundin und schießt sich ihr Gehirn aus dem Schädel, der sich ziemlich schnell und laut hinten öffnet. Dabei steht sie gerade anderthalb Meter von mir weg und ihre ganzen seltsamen Gedankenfetzen landeten auf mir und dem Schlagzeug.

Jetzt brach vollends Panik und Chaos aus. So 'n paar Typen nutzten die allgemeine Unruhe und stürmten die Bühne, überwältigten Eva und nahmen ihr die Knarre weg. Schlugen sie nieder und ein fetter Typ begrub Evchens mageren Körper unter sich, um sie bewegungsunfähig zu machen.

Franzi bekam auch ziemlich krass eine reingeballert von so 'nem Bodybuilder-Freak, der auf die Bühne kam. Ich war völlig verwirrt, spürte ebenfalls Schläge an meinem Körper und wurde, glaub ich, vor lauter Stress ohnmächtig.

Wurde in 'nem Bullenwagen wach. Franzi und Evchen waren auch da drin. Alle hatten wir die Hände auf dem Rücken gefesselt. Keine Ahnung, wohin wir fahren, aber der Typ, der uns bewacht, sieht aus, als würde er es auch nicht wissen.

Junger Polizist.

Evchen kam in die Psychiatrie, Franzi und ich kamen frei, konnten sehr gut erklären, nix damit zu tun zu haben. Hatten ja auch beide keine Waffen, was die umstehenden Zeugen auch bestätigten.

Habe bis heute noch keinen Plan, warum diese Sache so gelaufen ist, aber *Gestures and Sounds* war sehr medienpräsent, zumindest für circa zwei Wochen.

Sehr interessant war für die Zeitungsleser natürlich der Prozess gegen Eva.

Als Evchen rauskam, ist sie weggezogen nach Süddeutschland. Die habe ich danach nie mehr gesehen.

Scheiß Bayern ist weit weg, und sie bemühte sich auch nicht mehr um Kontakt. Vielleicht haben wir noch ca. viermal telefoniert, aber das war's auch. Franziska und ich wollten eigentlich weiter Musik machen, kamen aber nie dazu, bis auch Franziska das Dorf verließ. Wegen einer Frau. Sie ging nach England, die Gute. Zwecks Studium und Liebe.

Auf Wiedersehen, liebe Freundinnen.

Auf Wiedersehen.

Ich fand aber später wieder Arbeit, wieder in der Chemiebranche. Exzellent. Überall Gift.

Vielleicht explodiert hier bald wieder was …

Kurz vorm Krieg

Kurz vorm Krieg traf ich ihn, jemanden wie Jesus, Mensch geworden als obdachloser Künstler.

Es waren die Abendstunden eines Tages mit Sehnsucht Eva. Metropole München.
Das beschissen kalte Gelände des Ostbahnhofs.

Eva lebt in dieser Stadt.
Ich dachte, mich in sie verlieben zu können. Kannte sie bislang nur postalisch. Ein Kontaktanzeigenmädchen. Es hat nicht geklappt in dieser beschissenen Stadt. Hier kann ich mich nicht verlieben.
Nicht in dieser Stadt.
Nicht in diese Frau.

Sie war kurz zuvor noch in einer geschlossenen Psychiatrie. Sie ist verurteilt worden, Maßregelvollzug. Hat während 'ner Musikveranstaltung, wo sie auf der Bühne stand, das Publikum mit 'ner Schusswaffe bedroht.
Hat sogar geschossen, die Eva, auf Menschen. Ist dann verhaftet und verurteilt worden. Hatte aber auch 'ne krasse Kindheit, die Eva, die letztendlich in 'ner Magersucht gipfelte. Sie ist zu sehr in München und zu sehr in sich, trotzdem fahre ich nicht unverliebt heim.

Mit diesen Gedanken begegne ich kaltem Wind in Süddeutschland. Zug kommt in drei Stunden.

Der Wind wehte mich von den Gleisen in die Katakomben der Unterführung.

Hunger!

Kein Geld!

Das letzte Bier schon ins Urinal gepisst. Für zwei Euro. Im *Mc Wash*. Jetzt unten. Blick auf die Uhr und gleichzeitig die Erkenntnis. Die Bahn saugt an meinen Synapsen. Neigt sie durchzulallen. Durchgelallte Synapsen.

Ein Gedanke. Glaube, gegrinst zu haben.

Fertig mit den Menschen. Die Menschen dieser Stadt. Passanten. Viel Polizeipräsenz. Beängstigent. Viele Sprachen. Wie so oft. Keinen Plan. Und doch Verlangen.

Nach Worten.

Gesprochen von ihr in meine Richtung.

Immer noch kalt. Kaffee. Drei Euro fünfzig. Kapitalismus. Immer wieder. Wie immer.

Egal. Kaffee. Einige Schritte.

Uringeruch.

Zwei Bullen mit monströsem Köter. Zwei Bullen mit monströsem Köter? Uringeruch? Unterhaltungen mit mir selbst. Watch the people passing by. Gedankenamok. Fehlender Durchblick durch die emotionale Wüste. Eine Verhaftung. Dann zerreißt ein Jubelschrei …

… die Stille. Hagerer Mann. Vorm Süßigkeitenautomat. Ein SchokoladenJunkie? Lachend, tänzelnd.

Riesiger, dürrer Körper. Laute, volle Stimme.

Freak, so viel ist klar.

Innehalten. Ihn betrachtend. Staunend. Er im Freudenfieber, scheinbar grundlos. Der Automat? Gefüllt mit Industiescheiße. Getarnt als lustige Schokoriegel mit aberwitzigen Namen. Also unmöglich, sich drüber zu freuen. Es sei denn, durchgelallte Synapsen. Irre, dieser Körper. Kinderlachen im Massenmörderpsychopathenkörper.

Wache Augen. Treffen meine. Schritte in meine Richtung. Auf alles gefasst. Fluchtgedanke. Doch ein Schuss laszive Sanftheit streichelt mein Gehör. Fesselt mich. Seine Stimme.

Spricht zu mir.

Erzählt mir.

Vom großen Glück. Zwei Schokoriegel zum Preis von einem. Bounty. Gedeutet von mir als göttliches Zeichen. Eigentlich nur zum Spaß. Für ihn. Zum Weiterlachen. Über meine Dummheit.

Er beginnt zu erzählen.

An die Südsee, sagt er, will er. Wild gestikulierend. Vom Unglück seines Lebens. Verlust von erbarmungsloser Liebe. Obdachlosigkeit. Wohnt derzeit in seinen Taschen. In den Exkrementen der Großstadt, Weltstadt München.

Angst, sagt er, hat er. Vor dem Winter. Erzählt von seiner Mutter. Verstoßen. Erzählt von seinem Fußballverein. Unbemitleidet. Erzählt und wütet. Mordende Gesellschaft. Ich begegne ihm mit Verständnis und Herzwut.

Deutschland.

Gemeinsam die hohe Macht anfeindend. Rock das Haus, kaputt, kaputt. Und sein Weg führte ...

... weg von überall.

Hin ins nirgendwo. Ich verfolge ihn. Durch viele Stationen. Reise mit ihm. In seiner Tasche der Dreck. Vergangenheit. Viel Vergangenheit. Beleuchtet von Sehnsucht. Vergleiche ihn mit Jesus Christus.

Verfolgt. Revolutionär. Und glänzend.

Bunkercharme. Ghettoattraktivität. Wie dieses Gebäude. Wie die ganze freie, globale Welt. Der Wahnsinn unserer Zeit.

Reflexionen der Kindheit. Als die Kunst noch unschuldig war. In den Kinderschuhen. Stolpernd. Durch erbrochene Struktur. Als das Denken den Menschen in die Welt kotzte.

Zigaretten. Zeitlose Augenblicke. Diese voll verkommene Ästhetik. Wie Diebe. Wir stehlen uns gegenseitig die Zeit. Milliarden der Worte. Sinnig aneinandergereiht. Das Gespräch des Jahres (bislang)! Werte Erfahrungen.

Und außerdem sei er nicht drogensüchtig und außerdem ...

... Künstler aus lauter Leidenschaft. Ein Bild habe er gemalt. Für meine Seele. Schwimmendes Schachbrett! Silvester in New York! Naive im Kino!

Kunst.

Zwischen Naivität und der gnadenlosen Romantik der Unkenntnis über das Leben. Entscheidung: Schwimmendes Schachbrett. Der Rest ist Scheiße.

Grüner Rahmen.

Rote Unterlage.

Schachbrett im Wasser.

Am Horizont die Sonne.

Unschlagbarer Gegner. Dies alles für nur zwanzig Mark. Man solle sie herausfordern, die gelbe Sau. Kocht auch nur mit Wasser. Vernichten! Ignorieren. Schach spielen gegen den Sonnenschein.

Gegen alle Regeln der Vernunft.

Seine Einsamkeit. Im Vergleich mit meiner. Ein Weltmeer.

Offenbarungen. Mein Name für seine Unterlagen.
Das Bild. Er will es zurück.
Wenn die Zeit reif ist und er finanziell imstande. Ich gebe Jesus Christus meine Anschrift. Dann der Abschied Richtung ...

... was ich Heimat nenne, aber keine ist. Der Zug. Durchgelallte Synapsen. Er in meinem Kopf. Seine Geschichten. Sein Bild.
In meiner Hand. In meinem Kopf.
Der Rest war Scheiße. Bin unsicher. Vielleicht für immer. Der ICE ballert in die Nacht. Blick aus dem Fenster. Von Gott verlassene Stadt.
Von Jesus Christus bewohnte Stadt.
Ich verlasse für einen Augenblick die Welt ...

Gottes Haus

Ich führe ein freiheitliches Leben im Dreck. Im Gestank einer vollgepissten Großstadt, ohne Gnade einer möglichen Flucht. Das letzte Geld in Bier investiert ermöglicht keinen Schlaf. Aber die nötige Müdigkeit wäre vorhanden.

Allein.

Hatte soeben eine erschreckend gute, wie auch belanglose Unterhaltung mit einem Unbekannten.

Schmerz.

Denke jetzt an ihn, an seine jugendliche Unverbrauchtheit und seine lächerliche Einsamkeit. Heim ist er gefahren. Heim. Frag mich, was Heim zu bedeuten hat. Diese Stadt ist mein Heim. Jeder Winkel, auf dem kein Gebäude steht. Ich bin ein Mensch ohne Anlaufstelle und das schon seit einiger Zeit. Es fallen immer Menschen durch die doch recht breiten Maschen des angeblich so fangsicheren Sozialnetzes. Ich bin einer davon.

Obdachlos. Nutzlos.

Bin aber immer noch in meiner Stadt. München. Diese Stadt hat nix für mich übrig, ich aber immens viel für diese Stadt. Schon längst hätte ich woanders sein können.

New York, Bankok, Hamburg.

Die Welt ist so riesig, aber ich beschränke mich auf dieses kleine Stück keine Heimat.

Hab grad versucht, mir am Ostbahnhof 'ne Schlafgelegenheit zu organisieren. Bin dabei an diesen jungen Mann geraten, den ich solange mit irgendwelchem subtilen Zeug zugelabert habe, bis er mir eins meiner Bilder abgekauft hat.

Habe ihm vorgemacht, dass mir das scheiß Bild was bedeutet, um den Preis eventuell hochzutreiben. Tut es aber nicht, aber der Preis ist auch gering geblieben. Aber immerhin ging es hier um zwanzig Euro. Gezählt haben nur die zwanzig Mark und die paar Dosen Bier, die es dafür zu holen gab. Sonst nix.

Der Typ war so 'n naiver Frei und Feingeist, den ich gut über Kunst volltexten konnte. Ich habe mir seine Naivität zu Nutze gemacht. Der wollte auch nur sprechen mit wem und ich war halt grad da. Hab dem eine meiner erfundenen Lebensgeschichten erzählt, nur um an seine, bei ihm sehr festsitzende Kohle zu kommen.

Ich hätte ihm auch was aufs Maul hauen können, so bedeutungslos war diese Begegnung für mich. Ich weiß nicht, was er nun über mich denkt, aber das ist mir auch völlig egal.

Find nix zum Pennen.

Draußen weht ein Wind, der nach Veränderung riecht und schmeckt, aber es tut sich nix.

Still im Wind. Hab jetzt auch keine Lust mehr, irgendwelche Passanten anzuquatschen. Die reagieren kaum auf mich. Ich sage was, sie gehen weiter. Ich stelle mich vor sie und sage was, sehe sie an, bitte um Hilfe.

Entweder haben sie keine Zeit, kein Kleingeld oder aber sie beschimpfen mich wüst. Dabei sind mir die Beschimpfer noch die ehrlichsten Menschen. Sie sagen mir das, was sie von mir halten, direkt, ohne durch irgendwelche fadenscheinigen Floskeln einem ernsteren Gespräch aus dem Weg zu gehen. Das find ich sehr korrekt von diesen Leuten.

Beschimpft zu werden ist eine der ehrlichsten Arten zu kommunizieren. Ich schimpfe nie zurück, weil die Leute, die mich beschimpfen, ja meistens recht haben oder gewaltig Streit suchen.

Will nur was Warmes.

Ein zärtliches Bett. Morgens eine Waschgelegenheit. Ein kleines Frühstück. Kaffee. Vielleicht ein kleines warmes Mittagessen. Zwischendurch vielleicht ein Gespräch, in dem es nicht um lebenserhaltende Maßnahmen von Obdachlosen geht.

Vielleicht was Intellektuelles über Literatur oder Theater. Auf diesem Gebiet kenne ich mich aus. Oder Musik. Würde gerne mit einer hübschen Frau über Richard Wagner diskutieren, sie danach zum Essen einladen und ihr bei majestätischer, klassischer Musik das Hirn aus dem Schädel ficken.

So bin ich drauf.

Ich habe noch konkrete Träume, die viele in meiner Situation nicht mehr hätten. Auf der Suche nach Leben. Eine Art langfristiges Ziel. Zur Zeit suche ich einen kurzfristigen Schlafplatz, um diese Nacht zu überleben.

Aus dem scheiß Obdachlosenheim haben sie mich auch weggeschickt. Rausgeworfen aus der Sicherheit in die Ungewissheit der Stadt.

Hätte geklaut, sagten sie. Keiner konnte was beweisen. Einer hat das behauptet und ich war draußen.

In der Kälte. Und es wird scheiß Herbst.

Dieser Wind ist dafür ein eindeutiges Zeichen.

Denke an meine Vergangenheit.

Versoffene Jugend.

Gute Partys. Einige Geschichten mit Frauen, von denen mich heute wahrscheinlich keine mehr kennt.

Die übliche Abfolge: Realschule, Ausbildung, Beruf. Gelernter Automechaniker. Nach der Arbeitslosigkeit ein relativ häufiger Sozialabstieg. Zumindest im Kreis der Leute, mit denen ich verkehre. Hab mit 36 nix Neues gefunden. Mietrückstände und raus die Sau.

Heute werde ich hier mit Junkies verglichen, obwohl ich vor fast allen Drogen, außer jetzt mal Alkohol, 'nen riesen Respekt habe. Ich will nicht sterben, ich will wieder auf die Beine kommen. Aber ich brauche eine scheiß soziale Krücke, die mir hilft, zumindest zeitweise zu stehen.

Auf der Straße wirst du zum Alki. Da hab ich schon einige dran verrecken sehen. Ich will das nicht. Ich will kämpfen, aber wogegen? Wie kann ich für meine Ziele einstehen? Wie kann ich in meiner Situation was anderes haben als Lebenszweifel?

Raus auf die Straße. Hier so neben dem Bahnhof kuschel ich mich manchmal in eine dieser vollgepissten Ecken rein. Nur weil's da warm ist und ich den Wind nicht so spüre.

Diesen dreckigen Wind, der mir aus meinem dreckigen Gesicht das Grinsen stiehlt. Da hau ich mich jetzt rein, in diese Ecke. Wie für mich gemacht.

Und der Wind kann mich mal.

Leg mich hin, deck mich zu. Fang an zu onanieren. Denke dabei an meinen letzten Sex vor circa zwei Jahren. Sie war ebenfalls 'ne

Obdachlose. Eine schmutzige, dicke Frau. Aber sie hatte etwas Unbeschreibliches an sich.

Wir lagen in einer Ecke wie dieser hier und hatten uns gut mit Wodka abgefüllt. Sie hatte keinen Schlafsack, also teilte ich meinen mit ihr. Und aus dieser anfänglichen Nähe wurde dann wilder Sex. Richtig guter, nicht nur für mich. Einige Wochen später erfuhr ich, dass sie an 'ner Überdosis verreckt sei. Kaputtgefixt, die Gute. Die Straße schafft uns, Baby.

Denke dran, wie ich so in ihr rumwühlte und sie rumschrie wie so 'n Gespenst. Spritze meine Sacksuppe gegen die Innenseite des Schlafsacks. Fühl mich eigentlich recht gut und bereit zu schlafen. Windgeschützt und sexuell mit eigener Hand befriedigt. Halb besoffen.

Gedankenverloren.

Stürze mich in traumlosen Schlaf.

Als ich erwache, stinkt es. Es hat angefangen zu regnen. Warmer Regen. Seltsam. Jetzt erst erkenne ich, dass mich irgendein Typ anpinkelt.

Sehe 'ne ganze Horde Typen um mich rumstehen, wovon mich tatsächlich einer anpisst. Ekel mischt sich schnell mit Angst. Gegen diese Gruppe Idioten muss ich diplomatisch vorgehen.

Cool bleiben.

Zumindest der Versuch davon.

Die Typen nennen mich mal Penner, stinkendes Mistschwein oder asozialer Drecksack, und haben alle Recht. Erstaunt sind sie nur darüber, dass ich nur daliege und mich anpissen lasse. Sie rechneten wohl mit einer anderen Verhaltensweise. Jetzt gibt's 'nen heftigen Fußtritt vom Urinmann in meine Eingeweide.

Ich schreie vor Schmerz, bemühe mich aber, cool zu bleiben und keine weitere Reaktion zu zeigen. Reaktionen können einen hier das Leben kosten.

Die angetrunkene Meute lacht lauthals. Das sind circa sieben Leute, soweit ich das von meiner Lage aus beurteilen kann. Mit allen werd ich nie fertig. Also besser passiv bleiben und erst mal einstecken.

Für die Schläger ist das wahrscheinlich seltsam, auf einen sprachlosen, passiven Wehrlosen einzuschlagen und zu treten.

Aber vielleicht sind sie auch einfach dran gewöhnt und dies ist eine Routinesituation für diese Leute. Jetzt fangen nämlich alle damit an, mir die Eingeweide aus dem Leib zu treten. Dazu haben sie mich aus meiner Schlafecke rausgezogen und um mich einen Kreis gebildet und treten nun von allen Seiten meinen schwachen Körper zu einem Haufen Matsche.

Jetzt würde ich gern ohnmächtig werden.

Geht aber nicht. Spüre Stiefel am Kopf. Überall mein warmes Blut.

Die töten mich.

Langsam kommt dieser Gedanke und schnell gewöhne ich mich daran. Sterben soll ich. Nun gut, wenn denn dies meine Bestimmung ist.

Auf Rettung warte ich schon lang nicht mehr und diesen Tod zu sterben, ist zumindest spektakulär.

Dann sehe ich dieses seltsame weiße Licht, von dem immer alle erzählen, die mal kurz tot waren, aber zurückgekommen sind in diese verrückte Welt.

Ich gehe ein paar Schritte und mir wird richtig geil warm. Irgendjemand spielt irgendwo Gitarre und singt einen *Nirvana*-Song.

Come as you are.

Jetzt kann ich ihn sehen und es ist *Kurt Cobain* selbst. Er lächelt, spielt und singt weiter. Ich grüße kurz, hab aber den Antrieb weiterzugehen. Kurt nickt mir auch zu, als ob er ein alter Bekannter wäre.

Ich besaß früher eine CD von ihm und seiner Band.

Jetzt bin ich selbst im Nirvana. Und es ist geil. Weiß nicht wieso, aber ich spüre absolutes Wohlbehagen.

Nach einigen Schritten sehe ich nur noch weiß. Weißer Nebel. Und hinter einer sich gerade auflösenden Nebelschwade steht eine farbige, nackte Frau vor mir. Sieht mich lüstern an, lächelt. Hat die Figur einer Ringerin, aber so was von Aura.

Ihre reine Haut glänzt im weißen Licht. Betont ihre Muskeln. Stellt sich vor. Nennt sich Gott.

Freundlich grinsend winkt Gott mich herein. Wir gehen durch eine Tür. Im Hintergrund läuft *Richard Wagner*. Irgendwas aus *Tannhäuser*. Gott führt mich in einen Raum und ihr Ringerinnenarsch wackelt vor mir. Trotzdem wirkt ihre Gangart dermaßen elegant.

Gottes Gang in Gottes Haus.

Die Musik wird intensiver, lauter.

Wir gelangen in einen Raum mit einem gedeckten Tisch. Dieser Tisch ist für zwei Personen vorbereitet. Ansonsten ist alles weiß und sauber und rein. Ein perfektes Ambiente für ein perfektes Date.

Gott rückt einen Stuhl vom Tisch weg und macht diese Bittehinsetzen Handbewegung. «Ab jetzt wird alles gut», ...

... denke ich und wache auf. Es stinkt immer noch nach Pisse. Mein Gesicht ist völlig verkrustet vom Blut. Ich bin nicht tot. Scheiße. Verdammte Scheiße.

Warum bin ich nicht tot?

Gott hat für mich schon den Tisch gedeckt und mir ihre Gastfreundlichkeit angeboten. Scheiße. Gott, wir hätten eine wunderbare Beziehung haben können.

Ich richte mich auf.

Wahrscheinlich ist nix gebrochen.

Kann irgendwie alles bewegen an meinem Körper. Ich stehe aber erst mal rum. Kann nicht denken. Sehe nur den Arsch von Gott vor meinem geistigen Auge. Und den Tisch mit Essen drauf. Summe dazu dieses Stück von Richard Wagner. Fühle ein Gefühl der fröhlichen Zerbrochenheit. Irgendetwas Unbeschreibliches ging da ab und ich habe es gelebt und geliebt.

Alles klar, denke ich, vielleicht ein anderes Mal.

Ich gehe in den scheiß Bahnhof, um nach Essen zu betteln. Vielleicht geht ja was.

Mein Körper ist noch voller Schmerz.

Alles wird gut!

Syndala

Du bist wunderschön – ich hasse dich!

Wie mag es sein
Mit ihr allein
Verhängnisvolle Küsse tauschend

Wie es wohl ist
Wenn man sie küsst
Die Luft aus ihrem Kopf zu atmen

So wie ich das sehe
Bin ich in ihrer Aura
Schuldig
In Elfenhaft

Im Namen der Elfenpolizei
Leben sie ihre Liebe
Denn wenn nur die Liebe bliebe
Bliebe ich auch dabei!

So 'n Scheiß schreib ich momentan.

Schreib das einfach so auf irgendwelche Zettel mit irgendwelchen Stiften, um das nachher in den Mülleimer zu werfen.

Ich habe vier Arme. Zwei an meinem Körper, zwei im Schrank.

Von diesen Trashgedichten hab ich schon 'ne ganze Reihe verfasst, doch keines genügte seinem Entstehungsanlass.

Bin verliebt.

Investiere Gefühle. Investiere Gedanken über Gedanken an die eine, welche irgendwie die meine nicht zu werden scheint. Syndala. Allerliebste Syndala.

Diese Syndala ist die schönste, klügste, phänomenalste Syndala, die ich je kannte.

Scheiße, sie ist sogar die einzige Syndala, die ich jemals kannte. Diesen Namen gibt's wohl nicht so häufig. Aber ihre Eltern waren sich bestimmt schon bei der Namensgebung der absoluten Besonderheit ihrer phänomenalen Syndalatochter bewusst und gaben ihr daher diesen unumstößlich genialen Namen.

Sie ist eine Elfe.

Absolut.

Oder ein Engel.

Oder eine Außerirdische.

Oder gar eine Göttin. Keine Ahnung, wer sie ist. Aber meine Liebe ist bei ihr. Sie hat sie mitgenommen und kann sie behalten. Sie könnte mich haben, wenn sie wollte. Wenn sie wüsste, dass es mich gäbe, würde sie mich auch haben wollen. Schätze ich. Bin mir aber dessen nicht wirklich sicher. Bin ein seltsamer Typ mit 'nem seltsamen Leben und weiß nicht, ob göttlichaußerirdische Engelelfen auf so was wie mich scharf sind.

Hab echt keine Ahnung. Hab nur den Hauch einer Ahnung, dass es sich lohnt, ihr mehr als den meisten Menschen verfallen zu sein.

Mein Leben ist aber auch wirklich seltsam. Meine Freunde sind seltsame Typen, genau wie meine Eltern und Geschwister und sonstigen Bekannten. Als ob sich alle Zellfehlbildungen und Negativmutationen um mich versammelt hätten. Jetzt leben sie mit mir.

Säufer, Schläger, Menschen, die nicht klar kommen, aber alle sind sie so ehrlich und einfach, als ob sie gerade erst geboren worden sind.

Mal abgesehen von meinen Erzeugern vielleicht. Die beiden sind schon ein wenig falscher als die meisten mir bekannten Zeitgeister. Ficken ihre Doppelmoral. Leben darin in Angst, ihr Bürgeransehen einzubüßen. Machen das geschickt. Hatten ja auch ihr ganzes verschwendetes Leben Zeit dafür, den Ernstfall zu proben.

Ihr Erfolg ist es, in einer stumpfdumpfen Gesellschaft anerkannt zu sein. Unauffällig. Möglichst unauffällig. Mit gemähtem Rasen und gewaschenem Auto.

Aber hinter dieser Fassade lässt man die eigenen Kinder verdorren …

Dann gibt es da noch meine Freunde. Allesamt wertvolle Menschen, auch wenn sie gesellschaftlich keinerlei Anerkennung von irgendwo bekommen. Was ich über meine Freunde sagen kann: Sie saufen gerne hochprozentiges Zeug und sie prügeln sich gerne danach. Sie demonstrieren gerne ihre Stärke an Schwachen. So wie mit diesem Penner kürzlich am Bahnhof.

Wir gammelten so durch diese fremde Stadt und uns war scheiß langweilig und er lag da, eh schon verbraucht. Wir haben ihm die Eingeweide rausgetreten. Nur so. Weil wir alle total dicht waren und wahrscheinlich, weil wir alle selbst schwach sind. Wir kommen von ganz weit unten.

Wir spüren kein unter uns.

Fühlen uns dabei elitär.

Kann ich verstehen und nachvollziehen durch Kenntnis der Biographien meiner Freunde.

Es sind ähnliche Biographien wie die meine, nur verlief meine vielleicht ein wenig undramatischer ab als die von beispielsweise Paul oder Jonas. Obwohl diese Dramatik immer relativ ist. Relativ und in Beziehung zu einem Scheißhaufen von der Straße.

Drama ist überall vorhanden ...

Paul ist der Sohn des Dorfmetzgers. In seiner Jugend war er immer der Idiot, stotternd, unfähig sich innerhalb von einer Minute 'n Eis mit drei Kugeln zu bestellen.

Das ist natürlich für die bäuerliche Dorfjugend ein gefundenes Fressen. So werden Außenseiter gemacht. Paul war immer ein guter Schüler und Sportler, doch sowohl Lehrer als auch alle Mitschüler bezogen das Sprachhandicap auf seine gesamte Persönlichkeit. Ich lernte ihn in der Hauptschule kennen, wo auch ich ein Außenseiter war, denn ich war immer der Kleinste in allen meinen Schulklassen. Das habe ich mit absoluter Albernheit kompensiert. Hab blöde Witze gerissen, aber mit Stil.

Paul hat durch Gewalt kompensiert.

Einmal auf dem Scheißhaus unserer alten Schule habe ich so 'ne Aktion von ihm beobachtet. Wir standen so mit sieben Jungs in 'ner Reihe, urinierten die Keramik voll und der verseuchte Streber Peter demonstrierte irgendwann seinen fehlgeschalteten Humor, indem er sagte:

«Ey Jungs, guckt, ich kann in Stößen pinkeln. Ich kann pissen, so wie Paul spricht.» Hohles Gelächter oder stupides Geschmunzel folgten auf diese Aussage. Eigentlich ein echt flaches Statement.

Aber Paul, der gerade mit 'ner Kippe auf 'nem Scheißhaus unterwegs war, kam da raus und ging auf den Peter zu.

Sagte nix, aber ich sah seine unbändige scheiß Wut auf diesen absolut überflüssigen Kommentar. Seine Augen zerschnitten die Luft zwischen ihm und Peter.

«Ey, hömma, war nicht so gemeint ...» Weiter kam der nervige Lernpeter nicht, denn da lag er schon in seinem Gesichtsblut vorm Heizkörper des Jungentoilettenraums. Paul hatte ihn mit einem ziemlich derben Kopfstoß über ungefähr anderthalb Meter dahin transportiert. Hatte nicht mal 'ne Macke, der Paul, nur der Peter ist echt unsanft da vorgedröhnt.

Und blutete wie Sau.

Seine Nase war nicht mehr als solche zu erkennen. Wortlos verließ Paul den Toilettenraum. Ich fand es dermaßen cool, sein Freund zu sein. Damals wie heute.

Jonas war und ist ebenfalls in unserer Gang. Hat sieben jüngere Geschwister und wohnt mit seiner Family am Rande der Stadt und des Existenzminimums. Seine Alten sind irgendwie ständig breit, feiern krasse Parties, nehmen illegale Drogen oder ficken mit sich oder Besuchern, die grad zufällig reinkommen.

Bei Jonas hatte ich meine ersten sehr geilen Räusche. Meistens trafen wir uns da an sinnlosen Wochenenden und sein Vater verteilte unter uns Außenseiterjungs seine Kippen und seinen Alkohol. In diesem Haus hatte ich auch zum allerersten Mal sexuellen Kontakt mit einem Mädchen.

Es war eine von Jonas' Schwestern, Sabine, die sich irgendwann nach einem versoffenen Abend zu mir in den Schlafsack legte und an mir rumfummelte. Ich dann auch an ihr, und es war geil und warm und die Sabine war ganz nass überall. Ich bin einfach irgendwann in sie eingedrungen und hab recht fix ejakuliert. Als wir am nächsten Morgen aufwachten, wollte die Schlampe Geld von mir haben.

Ich gab ihr 'nen Zehner, weil es schon ein geiles Gefühl war, endlich mal gefickt zu haben.

Zu unserer Gang gehören weiterhin der Björn, ein fetter Kfz-Mechaniker, der Thomas, der gerade bei der Bundeswehr rumgammelt, der Adam, arbeitet in der Pommesbude seines Alten, der Benny, der ist Metallbauer und der Franky, der ist Maurer.

Aber irgendwie sind wir alle trotz Arbeit und wegen unserer billigen, unakzeptierten, gerade mal so geduldeten Existenz völlig frustriert.

Gesellschaft formte unsere Wut und weil wir keine Ausweichmöglichkeiten kennen, transportieren wir diese Wut in die Gesellschaft als Gewalt zurück. Ich bin der festen Meinung, dabei absolut legitim zu handeln. Und unser System, diese abgefuckte Staatsform Demokratie, ist doch eh fürn Arsch. Man gaukelt uns vor, dass alle gleich behandelt werden. Kann aber niemals hinhauen, weil wir alle schon so radikal unterschiedlich sind. Und Demokratie macht doch Menschen wie uns unmöglich. Aber eigentlich interessiert mich die scheiß Politik einen Dreck. Da habe ich aufgegeben drüber nachzudenken. Da verdienen sich Typen doof fürs absolute Rumgammeln und Nichtstun. Da kann man weder was gegen tun noch was dafür tun.

Das ist einfach nur scheiße.

Abgesehen davon habe ich Bock, irgendwer zu sein.

Oder aber auch einfach nur irgendwer für irgendwen zu sein. Irgendjemandem was zu bedeuten. Nicht jedem Arsch hier egal zu sein, das wünsche ich mir. Und vielleicht Syndalas Liebhaber zu sein...

Oh Syndala.

Ich sah sie nur einmal, als ich mit den Jungs in so 'ner Disco unterwegs war, aber das reichte aus. Die war ein Stück weiter weg von unserem Wohnghetto und von daher brauchten wir einen Idioten, der den Wagen lenkt. Nach einigen Diskussionen und sogar Gewaltandrohung von Seiten Frankys und Björns lenkte ich ein und schließlich den Wagen Richtung AssiDisco. Natürlich ist es scheiße, wenn sich deine Kumpels besaufen und du schaust nachher, wie du alle wieder einsammelst und sicher nach Hause kriegst. Aber dafür sind wir halt Kumpels.

Auf jeden Fall sah ich an diesem Abend die Syndala zum ersten und bislang einzigen Mal. Wusste natürlich damals noch nicht, dass sie diesen wunderbaren Namen trägt. Mittlerweile habe ich mich ein wenig verändert, aber nur optisch.

Also, ich stand so mit Kaffeebecher und Filterzigarette auf 'ner Treppe rum und beobachtete von diesem Standpunkt aus die feiernde, teilweise total abgespacte Partymenschenmasse.

Lichter und Geräusche machten mich nüchtern halb wahnsinnig.

Ab und an sehe ich einen meiner Kumpels durch diese Szenerie huschen. Betrunken, unschuldigen Frauen nachstellend. Oder Partner oder potentielle Partner dieser unschuldigen Frauen mit Schlägen bedrohend.

We are family ...

Als mich gerade Zerrissenheit bedrohte, weil ich als scheinbar einziger Mensch in diesem Gebäude absolut keinen Spaß empfand, trat sie auf.

Sie erleuchtete mein Umfeld. Zunächst sah ich sie gar nicht, sondern spürte einfach nur ein Energiefeld unter mir, das außerirdisch gute Düfte in die Atmosphäre absonderte.

Kam einfach so daher, dieses Mädchen, und setzte sich auf die Treppe, auf der ich stand.

Ich bemerkte sie sofort, denn von ihr schien Magie auszugehen.

Es war auf jeden Fall ein magischer Moment, den ich da erlebte. Unbeschreiblichkeit absolut. Sehen und sterben wollen vor lauter unaushaltbarer Erfüllung.

Und ich war sofort verliebt.

Ich habe sie wahrgenommen und musste sie seit diesem Moment dauerhaft anstarren.

Blond, zierlich, absolut weiblich, natürlich und ihr Outfit schien zu sagen: Fuck you, Discodresscode.

Ich war mir sicher, dass zwei Stufen unter mir die Mutter meiner ungeborenen Kinder Platz genommen hatte. Plötzlich sah sie zu mir hoch. Ihre langen Haare zuckten im fernen Laserlicht und ließen sie zu einer absolut außerirdischen Erscheinung werden.

Ich sah in ihr kindliches Gesicht.

Sie sah in mein erstauntes Arschgesicht.

Stand dann auf. Ging auf mich zu. Sprach einen Satz, der ihren Namen enthielt. Ich musste zweimal nachfragen, bis sie mich anschrie: Syndala!

Ich sagte ihr meinen Namen und sie nickte grinsend.

Wir standen so auf dieser Treppe und unterhielten uns im typischen Discothekensmalltalk, den ich eigentlich verachte, weil die Inhalte einfach zu vertalkshowt sind. Mit ihr aber lohnte sich jeder auch nur halb verstandene Wortfetzen (Normalerweise gebrauche ich diese Kurzgesprächstaktik nur, wenn ich kurz darauf jemanden verprügel) ...

Sie: Woher kommste denn?
Ich: Vorort, 60 Kilometer von hier, Schmiegau.
Sie: Scheiß Gegend. Haste mal Zigarette für mich?
Ich: Sicherlich.
... suchend, sie kam mir bedrohlich nahe, Feuerzeug flackert auf, Engelserscheinung ...
Sie: Erzähl mal von dir, was machste so?
Ich (lügend): Studium, Architektur. Und selbst?

Sie sagte irgendwas, was ich nicht mehr verstand. Ich reagierte einfach so mit meinen Antworten auf ihr Fragenbombardement und machte wohl eine gute Figur dabei.

Nebenbei dichtete ich in mich rein, leidenschaftliche, romantische Worte, die einfach, ohne mein direktes Dazutun, meine Hirnrinde durchbohrten. Sie ist wunderschön, unterhält sich mit mir und ich denke ...

... denke kleine Gedichte in mich rein, schöne Dinge mit sehnsuchtsvollen Elementen ...

Fräulein Sünde
Wenn ich verstünde
Dir zu genügen
Und süßes Vergnügen

Mit Dir zu teilen
Neben Dir zu verweilen
Hier zu stehen
Dich nur anzusehen
Komm lass Symbol uns sein
Für Sonnenschein

Lass uns Kinder gebären
Die Natur zu ehren
Wie Deine Gestalt
Ich küsse den Asphalt
Auf dem Du schreitest
Wenn Du mich begleitest

Schenke ich Dir Sterne
Aus entlegenster Ferne
Nimm mich gefangen
Still mein Verlangen

Es ist die Botschaft der Engel
In diesem Gedrängel

Lass uns von hier verschwinden
Grenzen überwinden
Uns uns neu erfinden
Unsere Körper schinden
Bei uns bleiben
Uns uns einverleiben
Wenn die Zeit hinter uns stirbt
Und keine Grenze blockiert
Unserer Leiber Verlangen
Bin ich gefangen

... so dichtete ich in mich rein und nebenbei war die Unterhaltung scheinbar an einer für mich positiven Phase angelangt. Obwohl ich irgendwie keine Ahnung habe, was ich dieser Traumfrau erzählt habe …

Sie: Wo willste denn späta noch hin?
Ich: Keine Ahnung, wo kann man denn noch hin?
Sie: Chill Out im «Cool Burn».
Ich: Perfekt.
Sie: Alles klar, bis späta. Gegen fünf am Ausgang.

Dann winkte sie zunächst und ich auch und starrte ihrem elfenhaften Gang die Treppenstufen hinunter nach. Sie schwebte da entlang wie meine Gedanken um ihren Körper.

Zack! Verliebt.

So einfach geht das.

Frauen tauchen einfach so vor mir auf. Labern mich voll. Und ich texte sie voll. Machen mich verliebt in sich. Verabreden sich mit mir für später und werden nach einiger Zeit die Mutter meiner Kinder.

Das ist unglaublich und mir irgendwie noch nie passiert. Blick auf die Uhr. Schon halb vier. Erst halb vier. Weit entfernt von fünf.

Jonas kam auf mich zu. Blut lief ihm aus der Nase auf sein TShirt. Lallte irgendwas von ganz schnell verschwinden müssen, sonst ganz übel Ärger. Versuchte mit ihm zu diskutieren und ihm meine eben erlebte übersinnliche Erscheinung nahe zu bringen. Aber er schien es grundlegend ernst zu meinen. Packte mich am Kragen. Schüttelte meinen Körper. Panik in Wort und Auge. Lallte was von riesen Bedrohung durch Schlägerrussen, die irrtümlich bedroht worden sind und deren Mädels irrtümlich im Rauschtreiben angebaggert worden sind.

Die würden sich gerade sammeln. Kein Spaß sei zu machen mit diesen Ivanschlägern. Jonas war fast am Heulen. Obwohl er total breit war, konnte er mir die Gefahr und seine Angst um unsere Leben gut schildern.

In meinem Kopf rotierte es. Niemals würde ich es schaffen, meine kaputte Gang einzusammeln, gesund hier raus zu kommen und um fünf wieder hier am Ausgang zu stehen, um mit Syndala noch was klar zu machen.

Ich suchte sie in der Menge, die immer noch im Takt der Musik auf und abebbte. Schrie verzweifelt ihren Namen in die Partymasse, während ich zwischen Jonas und Björn zum Ausgang wankte.

Der Rest meiner Kumpels wartete schon ungeduldig am Wagen und war teilweise auch übel lädiert. Ich glaub sogar, dem Thomas fehlte die Unterlippe. Ich öffnete die Karre und alle sprangen rein. Meine Augen überflogen den Parkplatz, suchten irgendwelche Syndalasymbole. Nichts. Nur Leere. Nur Verzweiflung. Nur Zweifel am Schicksal. Ich fuhr los unter den Rufen derer, die hinten saßen. Lebensretter, schneller! Fahr! Ich war total fertig. Hatte keine Gedanken mehr im Kopf.

Nur den Duft und die Optik Syndalas.

Irgendwann waren wir aus der City raus und überflogen eine Landstraße Richtung Heimat. Teilweise waren meine scheiß Kumpels schon eingepennt oder saßen über den Abend rumlabernd auf der Rückbank und waren total krank stolz auf sich. Sie wissen nichts. NICHTS.

SCHEISSWUT. Niemand bemerkte, wie ich den Kombi nochmals beschleunigte und die Augen schloss ...

Syndala ...

... frag mich, wo Du bist
wo Du erwachst,
wenn die Nacht endet
und wie Dein Atem riecht
nach so einer Nacht
die Wärme
dieses Ortes
ist die Wärme
dieses Raumes
ist rot
dann vergammeln wir
und lieben uns

der Sieg über die Sonne
besteht in ihrer Ignoranz
das Innere einer Muschel
ist eine von Arbeitslosigkeit
geprägte Region
durchdringend flüstert Erregung
ich nur weiß, wie Energie entsteht
wo Schlafes Lust
die Geilheit weckt
ist unser Versteck, oh Syndala ...

... irgendwann wurde ich wach. Mir war herrlich warm. Ich war wieder auf irgendeiner Party. Licht und Sound waren wieder da, so wie vorhin. Getanzt wurde auch. Hatte mich wohl in 'ne Ecke gelegt und war eingeschlafen. Hey, ich muss noch meine Kumpels nach Hause bringen ...

Vor mir sah ich zwei Typen, die einen Körper rumtrugen. Plötzlich brüllte einer: «Da vorne ist noch einer. Scheiße, wie viele waren die denn in dem Auto?»

Dann kam der, der das gesagt hat, zu mir. Scheiße, wie breit bin ich eigentlich und wo bin ich hier wieder gelandet. Psychopathen-Party.

Der Typ kam mir ganz nahe. «Er lebt, wir haben einen Überlebenden, Notarzt, schnell, hier ...»

Ich brüllte den Penner an: «Natürlich lebe ich, du Arsch, aber du gleich nicht mehr, wenn du mich hier weiter so vollschwuchtelst!»

Als ich ihn wegstoßen wollte, bemerkte ich einen akuten Mangel an Armen ...

Tod frisst Familie

Ich schlage eines seiner Bücher irgendwo in der Mitte auf. Bukowski. Hot Water Music. Erzählungen ...

«Tony?»
«Ja?»
«Bist du es Tony?»
«Ja.»
«Hier ist Dolly.»
«Hey, Dolly, was tut sich denn so?»
«Mach keine Scherze, Tony. Mutter ist gestorben.»
«Mutter?»
«Ja, meine Mutter. Heute Abend.»
«Tut mir Leid.»

«Ich bleib zur Beerdigung da. Ich komm dann gleich anschließend nach Hause.»

Überall Tod. Zufällig. Ich taumle im Haus umher.
Meine Mutter ist auch schon tot.
Mein Mann auch, Gerüstbauerunfall.

Gestern ist mein Sohn gestorben. Ein so genannter tragischer Verkehrsunfall. Wie nennt man eigentlich eine Mutter, die ihr Kind verliert?

Ich nenne mich ‹KeineMuttermehr›. Obwohl ich eine bin, die eines toten Kindes. Obwohl dieses Wortgeschöpf nicht annähernd die Verzweiflung trifft, die meinen Körper und Geist zerteilt. Ich habe keine Tränen mehr.

Mein Sohn wurde gefunden in einem Straßengraben. Sie hatten einen Unfall. Er und seine Freunde. Nur der Fahrer hat überlebt. Der hat aber auch keine Arme mehr.

Mein Thomas ist tot. Er ist bei einem Aufprall auf einen Baum aus der Heckscheibe geschleudert worden. Dabei hat sich der Kombi senkrecht den Baum hochgeschraubt. Danach ist die Karre wieder runtergerauscht, auf den Körper meines Sohnes und hat ihn zerquetscht.

Ich trinke ein Glas Wasser. Esse einen Keks.
Versuche zu weinen.
Trauer aus dem Körper zu weinen.
Sinnlos. Ich habe keine Tränen mehr.

Ich bin jetzt allein in diesem Haus.
Ich esse einen Joghurt. Trinke ein Bier.
Ich habe ewig kein Bier mehr getrunken.

Ich mache den Fernseher an.
Nach zehn Sekunden sagt er: «Tod!»
Ich schalte ihn wieder aus. Versuche zu weinen. Geht nicht.

Denke an Harald. Meinen Mann. Seinen Unfall. Sein Grab. Gehe in Thomas' Zimmer. Starre seine Bücher, seine CDs, seine Wände an.

Gehe wieder raus.

Lege mich in unser Ehebett.

Harald und ich.

Halte es nicht lange aus.

Gehe in Haralds Hobbykeller. Da im Schrank ist noch sein Werkzeug drin. Hole mir einen Schraubenzieher.

Kratze damit über meine Arme, bis Blut kommt.

Das tut gut.

Dann ramme ich mir den Schraubenzieher durch die Hand und endlich kann ich wieder weinen ...

Lest mehr Gedichte

Lyrik & Anderes

Besserungsanstalt

Ausgelachte
Kleingemachte
Überdachte
Mit fetten Bäuchen
An den Schläuchen
Des Konsum
Unabgenabelt
Ganz verkabelt
Kontrollierte Wesen
Und Geschöpfe
Sie verwesen
Ihre Köpfe
Sind zu leer
Denken nicht
Denken nicht mehr
Sehen kein Licht

Da es bald immer dunkel ist
Und immer dunkel bleibt
Wird Melancholie
Als Temperament uns einverleibt
Einem jeden, der bestehen will
Und kann und muss
Und Gnadenkuss
Zum Schluss ein Schuss

Zerteilt den Schädel
Und kein Mädel
In der Welt weint
Weil es immer dunkel ist
Und jeder/keiner hat's gesehen
Wie Gehirn durch die Atmosphäre strömt

Man hat sich dran gewöhnt
Denn alles wird multimedial
Projiziert, scheißegal
Ist nichts, um alles in der Welt
Beschissen um alles
Erschossen um nichts
Abseits des Lichtes

Findet Dunkelheit statt
Und satt, allzu satt

Ist der Kopf vollgestopft
Bis an den Rand
Medial vergewaltigt
Und jeder ist bekannt
Jeder ist ein Star
Immerdar
Sie machen dir klar
Dass du es bist
Kapitalist
Egal, die kranken Banken
Versichern dich in Schranken
Machen den Vertrag
Dir zu Sarg
Sag, schön ist der Tag
Schön die ganze Welt
Die zerfällt
Während du da stehst
Mit dem Geld
Das man dir gab
Und ihnen gehört
Schmeiß es weg
Bevor es dich frisst
Gestorben wie alle
Die man
Schnell vergisst

Und weg und vergraben
Bist du schnell in ihrem Namen
Denn sozial
Ist egal
Und du
Bist der Nächste

Es sei denn ...

Kaputtgequizt, vertalkshowt
TV ist Gehirnradiergummi
Zellen sterben haufenweise
Verstummte Zimmer
Zerschlagene Familie
Wie so oft, Figuren
Versoapoperat
Von Mangas in die Mangel genommen
Keiner kann entkommen
Der den Schalter nicht drückt
Sich selbst beglückt
Und Stück für Stück
Realität für sich entdeckt
Und schmeckt
Den Geschmack
Der Wahrheit
Keine wahre Ware Lüge
Nein, nur Leben zu Genüge
Ich vergnüge
Mich schon
Ohne Strom
Denn es ist Krieg
Doch immer noch
Gedanken, was das soll
Keiner laut denkend
Sich als Soldaten verschenkend
Explodieren sie bald auch hier

Und dann wird's dunkel
Es wird Nacht und nicht mehr hell
Und das ist gut so, weil es echt ist
Und der Mensch
In letzter Konsequenz
So ist
Und Licht erlischt
Weil's der Mensch löscht

Ende
Keine Hände
Staub
Menschenraub
Von Menschenhand
Unser Land
Und alle Länder
Global vereint
Als größter Haufen Scheiße
Im Universum
Wie es scheint

Nur scheinbar lächelnd
Glasgesichter
Henkerrichter
zerspringen
und springen herum
zelebrieren ihren Wahn
ohne Sinn für Eigentliches
oder eigenes
nur die belanglose Traurigkeit
des Individualisten
verpackt in kleinen Kisten
in die Welt verteilt
wenn dieser sich beeilt
ist es nie zu spät

weil ein Gedanke
uns berät
und der Widerstand
aus Sachverstand geboren wird
und nicht mehr stirbt
aus medialem Liebesentzug
genug ist genug
und Betrug ist Betrug
es wird dunkel
es wird kalt

was nicht dasselbe ist

ich vermisse
meine Besserungsanstalt
denn der Aufenthalt
darin
macht Sinn
für mich

ich faste
bevor ich raste

Aus!

Dilemma 02

Die neue Zeit
Ist endlich da
Oder:
Ein Katapult
Des Todes

Nehmt uns die Geschichte
Und uns gefangen
Nehmt uns unser Schicksal
Und unsere Helden

So bekamen wir, wonach wir fragten,
aber nie das, was wir wollten ...

Aber wir wollten ja auch nicht siegen,
nur kämpfen ...

Dokument Ende

Und sie ficken sich, weil sie zu traurig sind zum   Denken
Niedergeschlagenheit macht sie unendlich nüchtern
Aspirin im Garten auf halber Höhe nicht ein Zwerg
Und wer böses dabei denkt, wird lebendig vergraben
Von denen, die's wollen und unverdrossen sind
Erschießen sie sich um nichts und sterben wegen allem

So geht das Leben nicht einen Millimeter weiter
Nur kein Ausgang da, der schmerzlos wäre
Weil Angst da wohnt, wo man täglich vorbei muss
Und der Bruder und die Tiere und der schwere Wein,

der die Gedanken alle macht und Kraft ins Gehirn schießt
Aber da ist eine Mauer, wo da Leute, die's verbieten
Um so intravenöser ich nervös werde, ist da schon totes Gewebe in meiner Brust
Kurz vorm Sterben noch gedacht und dann doch dem Tod entgangen
Und kein Atemzug um den nächsten schläft mit sich ein
Und das Ende wird ein wenig besser als meistens, denn oft ist Anderswelt
Kontrollverlust ist Programmvorschau und Massenzerstörung von Zellen
Da war ich alkoholisiert und weiß nur noch die Sekunde, als Kotze aus dem Mundwinkel trat
Und weil die Wut kein Kind mehr ist, fickt sie die Vernunft tot
Vergewaltigung und eine Philosophie, die auch Gott langweilt
Geistlos und gespenstisch sind diese Stunden und gut, dass ich schreiben kann
Von dieser Unmöglichkeit des Daseins und Hilfe ist nur vom Ich möglich
Und dieses eilt zu mir, mich zu trösten mit wenig weisen Worten,
die billig hier nun verrotten, Dokument Ende!!!

Geschändet

Aller Anfang
Beginnt Ende März
Hand auf's Herz

Das unaufhaltsam Wunderbare
Kam in die Jahre
Und starb letztendlich
Unabwendlich

Alles was ist
Ist fühlbar tief
Und meine Hingabe
Naiv

Und Leidenschaft
Schreibt Dramen
Unterschreibt
Mit meinem Namen

Engel fressen Prinzen auf
Der Dinge Lauf
Beendet

Geschändet!!!

Phantomschmerz

Du hörst Klassik am Kamin
Und Dancefloor in der Disco
Du fährst gerne nach Berlin
Er sagt: Ich liebe dich
Es ist so

Und du saugst an Cocktailhalmen
Und an Filterzigaretten
Die in deiner Hand verqualmen
Du hast vergessen, mich zu retten

Forsch in dir nach Liebe zu mir
Und wage vage Erinnerung
Ich träum mich durch die Luft zu dir
Küss mich, schenk mir Linderung

Komm raus ins Reine, komm sei die Meine
So wie es gewesen ist
Ich liebte so wie dich noch keine
Dich vermissend, ungeküsst

Von der Zukunft habe ich geträumt
Ich sehne mich nach deiner Haut
Du hast die Träume ausgeräumt
Und dennoch bist du mir vertraut

Als wärst du mal mein Körperteil
Und jemand hat dich abgehackt
Mit einem scharf geführten Beil
Und niemand hat nach Schmerz gefragt
Wenn ich mich jetzt an dich erinner
Und dich in mir sehe

Dann sitze ich in meinem Zimmer
Und du gehst deine Wege

Nicht alleine, nein, mit anderen
Menschen, die dich ein Stück begleiten
Oder länger mit dir wandern
In sicherlich andere Zeiten

Du hast dich amputiert
Und dich woanders eingepflanzt
Ich bin es, der friert
Ja, und du bist die, die tanzt

Tanze weiter, tanze, lache
Leb dein Leben ohne Reue
Und wenn ich mir Gedanken mache
Mit denen ich mich mit dir freue

Dann spricht aus mir die Ehrlichkeit
Ich wünsche dir das schönste Leben
Und ein Mensch der's ehrlich meint
Soll dir neue Liebe geben

Ich ziehe mich nun zurück
In Dichtung und Musik
Ich wünsche dir unendlich viel Glück
Ich befinde mich im Krieg

Protestkultur

Der Kapitalismus auf dem Höhepunkt
Und das Volk fast gen Null verdummt
Und der Dichter, der die Deutschen hasst
Lebt in Deutschland, angepasst
Protestkultur, erwache wieder
Man hört nur noch Opferlieder
Doch dass Opfer auch zu Tätern werden
Dieser Umstand liegt im Sterben
Ein Traum, der verkommt
Und ungelebt stirbt
Den Träumer enterbt
Und die Zukunft blockiert

Das multimediale Fegefeuer
Gebärt uns neue Ungeheuer
Und zur Realitätsverfärbung
Bombadiert man uns gezielt mit Werbung
Macht doch mal kritische Bekanntschaft
Mit der Medienlandschaft
Und erzählt dann der Verwandschaft
Wer in den Medien so anschafft
Das sind Prostituierte
Funktionierende Sklaven
Die weder eine Meinung noch Gewissen haben
Meinungen sind irrelevant
Haben keinen Wert
Sinnentleerte Worte
Denen niemand mehr zuhört

Da bin ich lieber mein eigenes Volk
Armee und Staat und Präsident
Terrorist und Konsument

Regierung und Opposition
Autobahn und Kanalisation
Randgruppe und Subkulturen
Kinder, Krieger, Billighuren
Aktivist und Splittergruppe
Die stumpfe, graue Einheitssuppe
Auf jeden Fall ein Staat im Staat
Der in sich kehrt und Feinde macht

Öffnet Auge, Mund und Herz
Radikalisiere nicht zum Scherz
Fangt die Sabotage an
Bildet Banden irgendwann
Kommt zu Bruch, was kaputt gehört
Von euren Händen mit zerstört

Vorwärts ...

Köterrevanche

Den Knigge mit dem Knüppel lehren
Wird unter Hunden Krüppel mehren
Des geprügelten Hundes einzig Begehren
Ist jenes, nicht mehr geprügelt zu werden

Doch wehrt er nicht und steht er still
Weil Mensch, sein Herr, es von ihm will
Und Knüppel, Stangen regnen nieder
Und brechen ihm das Rückgrat wieder

Der Hund hält aus, weil er nicht beißt
Und aushält, was man auf ihn schmeißt
Doch eines Tages, so sein Sehnen
Kriegt er die Chance sich aufzulehnen

Menschheit, du bist in Gefahr
Der Tag der Hunde, er ist nah

Zeichen

Feiert die Symbole
Und verachtet sie zugleich
Denn sie zeugen geist'ger Armut
Und doch machen sie uns reich

Lasst uns großer Amok sein
Das Symbol dafür uns eignen
Doch jene, die zerstörend kommen
Lasset sie uns leugnen

Der überquellend Liebe Herz
Zündet wild mein Feuer ufernd
Doch Phrasendrescher ignorierend
Die Floskeln werfend irre rufend

Ein Mensch, der strebt Symbol zu sein
Und and're mordend überrennt
Symbolisiert die dünne Linie
Die den Menschen vom Wahnsinn trennt

Lachet allen Farben
Die mit Schönheit uns umgarnen
Entnehmt dem Kuss die Liebe
Und gebt ihr einen Namen

Lasst uns Kinder gebären
Die Natur zu ehren
Lasst Symbol uns sein
Für Sonnenschein

Whitney!

Whitney Houston, diese Drogenfickschlampe. Steht vor Soldaten. Singt die Hymne von Streifen und Sternen. Die Hymne des Kapitalismus'. Einige weinen. Whitney verdient hundertvierzigtausend Dollar. Davon kauft sie sich Koks und Whisky. Drogenfickschlampe.

Vier Generationen zurück waren die HoustonPisser Sklaven. Auf Baumwolle. Peitschenhiebe. Vergewaltigungen. Morde. Das ist heute vergessen. Für Amerika. For the land of the free. Sie schreit. Einige weinen. Einige weinen immer. Heute Soldaten. Morgen Soldaten. Übermorgen Soldatenangehörige.
Ihr Dealer wartet. Hinter der Bühne.

Die Hymne ist vorbei. Die Housten-Drogenfickschlampe lächelt. Weiß nicht warum. Weiß gar nichts mehr. Will koksen. Dann weiß sie alles. Keiner weiß, dass sie coole Songs schreibt. Über Politik, wilden Sex, krasse Drogentrips und den Weltuntergang. Zwischen den kaputten Bildern ihrer Kindheit. Altes Spielzeug. Dabei blutet oft ihre Nase. Scheiß Koks.

Heute überlegt sie nicht. Was sie singt. Und warum. Und für wen. Die uniformierte Versammlung will ficken. Dazu haben sie in Afghanistan keine Gelegenheit. Vielleicht halten die Neuen ihre Ärsche hin. Oder die ohne Zähne ihre Gesichter. Als Fotzensimulation. Vielleicht.

Morgen ist Krieg. Heute ist Krieg. Gestern war Krieg.
Das Intro eines Traumas. Whitneys Gesang.
George Bush fickt seinen Hund vorm Fernseher. Seine Kinder sind nicht da. Er hat Lust, jemanden zu töten. Blauweißrot. Für immer. Er ist nun mal ein Romantiker ...

Verführerische Worte

Der Antikapitalismus ist die Waffe der Unwissenden
Und Gegenstromverletzten, ein toter Körper
Die Risikobereitschaft der Demonstranten steht in kei-nem
Verhältnis zur Unmöglichkeit der Revolution
Es wird nur weitere Selbstmorde geben unter den Verzweifelten
Denn der Aufruhr hemmt jeglichen gesellschaftlichen Vorzug
Wir brauchen eine freie Straße für unseren Konsumverkehr
Für Shell, Bayer und die Deutsche Bank
Wir fordern die Vereinheitlichung des globalen Systems
Zur Vereinfachung der menschlichen Existenz
Für ein friedliches Europa, für ein humanistische Staatengemeinschaft
Entscheiden wir uns für eine gesicherte Zukunft
Ohne Terrorismus und die Auswüchse der Andersartigkeit
Für eine krebsfreie Gesellschaft mit moralischen Optionen
Und die Straße ist voll vom frohen Volke
Das zu feiern imstande mit Schmerzmitteln versorgt
Natürlich unbetäubt sich im Kreise dreht
Und Zukunft kennt, weil die Vergangenheit erlischt
Denn Vergessen erweitert den Geist für neue Aufgaben
Der emotionale Tod wird zur Unmöglichkeit erklärt
Als Schutzmaßnahme für die menschliche Existenz
Wir brauchen größere Uhren, um die Zeit zu kontrollieren
Unseren einzigen Feind im Kampf gegen unsere Vergänglichkeit
Beschleunigen wir unser Leben, um den Schmerz nicht zu spüren
Zunächst folgt die Verstummung sensibilisierten Lebens
Durch unsere Zensur, nach dem Ermessen aller
Multimedial unters Volk verbreitet
Diese Gesellschaft ist der Grundstein für diese Art zu leben
Das Kapital ist unser Freund, der Antikapitalismus ein unbrauchbarer
Leichnam
Wir sind auf dem rechten Wege, frei von Schuld zu marschieren
Kontrolliert, beschützt von der Macht auf unserer Seite

Selbst die Götter sind unserer Auffassung
Wir zirkulieren global auf der Erde
Und nutzen jede Möglichkeit für jeden Anfang

Achtet die Medien
Als Selektionsmöglichkeit zwischen Relevanz und Unscheinbarkeit
Das Medium belehrt Sie
Lassen Sie sich belehren
Hinterfragen Sie nicht, wozu denn kritisches Bewusstsein
Belasten Sie sich nicht mit Politik
All dies geht zu Lasten weiteren Lebens ...

Urlaub in deinen Augen

Die Sonne steht nicht mehr steil
Wir können wieder draußen fotografieren
So sanft das Abendlicht
Entführe mich in eine Bar

Ich lichte dich auf der Straße ab
Dein Lächeln unfreiwillig abstrakt
Sensible Blicke, suchen mich
Mein Sucher
Ich suche Sucht und finde dich

So lau der Abend, so laut die Gäste
Wir leeren auch das vollste Glas
Um unter Bäumen überm Gras
Erzählen wir uns einen Splitter Sommer

Das Hotel, die Nacht noch warm
Ein farbloser Schmetterling
Die Zigarette davor
Genieße die Züge
Die vorbeifahren
An unbekannten Gleisen

So schlafen wir ...
So träumen wir ...

Zahllose Fotos
Von deinen Gesichtern
Hier im Süden
Meiner Seele

Verhängnisvoll verhangen

Sei dir sicher
Mein Herz ist entsichert
Sei dir gewiss
Kein Hindernis
Ist unsprengbar

Entflammbar ist
Was uns umgibt
Und nichts kann falsch sein
Was sich liebt
Verhängnisvoll

Und Trümmer
Gibt es immer
Wo Intensität
Tribute fordert
Vergewaltigung

Du scheinst
Sonnenschein zu sein
Und in deinen Küssen
Vermute ich die Wahrheit
Mein Herz in deinen Händen

Als unspaltbar mit dir gelten
Und in Welten
Die niemals
Wahr waren
Ewig sein

In der Nähe der Unnahbaren
Stehe ich allein
Mit der Weltbevölkerung!

Fröhliche Weihnacht Überfall

Kriegsschauplatz Weihnachtsfront
Eilige, unheilige Konsumsoldaten
Terror an der Ladentheke
Im gleißend geilen Lichterwahn
Und Feuer aus allen Medien ...

Kauft Liebe
In letzter Minute
Bevor es ein anderer tut
Welch ein Glück
Und welch ein Leben
Frage mich:
Ist es die Dummheit vieler
Oder die Genialität einzelner?
Oder beides?
Oder nichts davon?

Verschwende Geld, das du nicht hast
Für Zeug, das niemand braucht
Um etwas in den Händen zu haben
und Liebe rechtfertigen zu können
Das Fest der Lüge und der Liebe
Und der restlos Verbrauchten
Mit leeren Händen stehe ich da
Und warte auf die Rückkehr der Liebe
Derzeit ein SecondhandGefühl
Wie ein Lebkuchenherzinfarkt
Süß und niederschmetternd
Wo nicht auch schon unschuldige Kinderaugen
Geschenke respektlos und geringschätzig

Des Wertes abzuschätzen im Stande sind
Unsere Brut hat es zu gut

Lieber sitze ich da
Und werde meinen Wein achten
Als Weihnachten so zu schlachten

Zum Wohl!

Wenn sie mich küßte ...

Dies ist ein endloser Moment
Du küsst mich kurz, doch permanent
Ist alles von dir
Um mich
Sicherlich

All diese kleinen Augenblicke
In die ich mich zutiefst verstricke
Und man trifft sich
In der Mitte
Bitte immer wieder
Bitte

Und wir reisen
An entlegene Orte
Und wir reden ohne Worte
Über alles
Was wir wissen
Wenn
Wir uns küssen

Und dieser endlose Moment
Wenn Zeit sekundentreu verbrennt
Umfängt mich sicher konsequent
Weil keine Linie uns mehr trennt

Rotwein

Weine mir einen See
Wenn ich geh

Einen See aus zwei Bächen
Wenn wir nicht mehr sprechen
Stirb einen grausamen Tod
Lieber Idiot

Ich halte von diesen Begegnungen nicht mehr sehr viel
Und die Intimität, die wir hatten, verlor ihren Stil
Und es kam abhanden das Gefühl
Und mein Leben wurde

Schnellstensschnell

Zum Projektil
Eigentlich bin ich ein ganz normaler Typ
Ich hab die Umwelt und sogar ein paar Menschen lieb
Doch wohin uns deine Selbstzufriedenheit trieb
Erkennen wir in dem, was uns blieb
Wir erkennen es in dem, was uns blieb
Und uns
Nie wieder!!!
Lieber will ich tot sein
Als ein Glas von deinem Rotwein

Flieg, Gedanke

Man fand Oleandra
Nackt auf dem Bett
Dieses Billighotels
Auf blutgetränktem Laken
Eine geleerte Flasche Whisky
Ca. 10 Schachteln Zigaretten
Halten einzig und allein
Die Totenwache
Und sind gleichzeitig
Zeugen eines Schrittes
Richtung Ausgang

Ihr Hirn klebt am Spiegel
Das waren ihre Gedanken
Die sie beizeiten um ein Projektil wickelte
Und außerhalb ihres schönen Kopfes verbreiten wollte

Jetzt sind ihre Gedanken
Ein undefinierbarer Haufen
Toter Zellen
Vermengt mit Blut
Für Sekunden
Zwischen ihrem Schädel
Und dem Spiegel
Durch luftleeren Raum
Freundlich tänzelnd

Universen, die außerhalb ihres Kopfes
Ihre verwundeten Runden zogen
Mit ihren Gedanken aufzuspalten
So ihr Wille
So diese Tat

Tatsächlich

Ihr Gesicht liegt neben ihrem Kopf
Und lacht über sie
Sie ist aber schon lange weg
Richtung Ausgang

Niemand konnte in ihren Kopf sehen
Jetzt schon
Aber verstehen
Kann man sie trotzdem nicht
Mehr …

Gott schütze die Models

Cyberleiber
Auf Laufstegen
Pendelnd
Haben keine Lust
Fühlen sich elend
Wollen kotzen
Sollten sie ...

Sie finanzieren
Ihre Drogen
Mit diesen
Pseudoüberheblichen
Kinderschritten

Sind sie an oder ausgezogen
Fragt man sich
Manches Mal
Wenn sie verstört blinzelnd
Vorbeistolpern

Ihre Erotik ist ihnen auftätowiert
Naive Kaputtgedrogte
Laufen um ihr Leben
Hin und her
Zerrissen

Nach der Show traf ich Claudia
Weinend auf der Treppe
Blonde Haare verkleben nasse Augen
Nichts hilft mehr, sagt sie
Und schießt sich ihren Kopf vom Hals
Sie hat ja so recht ...

Ich danke
Herrn Boa für die erfüllende Musik
und Jeanette für die Intensität

Und jetzt alle: Weitermachen!

DER LONGSELLER!

Ich hab die Unschuld
KOTZEN
sehen

Dirk Bernemann

Dirk Bernemann
Ich hab die Unschuld kotzen sehen
Geniale Gesellschaftsstudie

erschienen 2005, 7. Auflage ab Mai
ISBN-10: 3-937536-59-0
ISBN-13: 978-3-937536-59-0

Taschenbuch
12 x 18 cm, 128 Seiten

VK: 9,95 Euro

ICH HAB DIE UNSCHULD KOTZEN SEHEN

«Guten Tag, die Welt liegt in Trümmern», lautet die Begrüßung des Autors, bevor er einen hinabreißt in die Abgründe einer Welt, die in uns etwas zum Klingen bringt, denn sie ist uns sehr vertraut. Es ist unsere Welt!

Wer Bernemanns Buch liest, fühlt sich, als nehme er einem endlich die rosa Brille ab, ja als prügle er sie uns vom Kopf. In einer poetischen Klarheit zelebriert er ein Massaker des Lebens, das fasziniert, um gleichzeitig abzustoßen.

Seine Protagonisten schickt er in emotionale Ausnahmezustände und mit makabrem Humor berichtet er von den Kollateralschäden in der Welt.

Gekonnt arbeitet er mit der Sprache, die selbst Ausdruck der Zerrissenheit und Ambivalenz der Protagonisten wird.

«Faszinierend, eine interessante Gesellschaftsstudie ... Das Buch lässt niemanden unberührt. Garantiert!» **Schwäbische Zeitung, Blog**

«Eine beeindruckende Kostprobe finsterer Kreativität.» **Mephisto**

→ **BUCH DES JAHRES 2006**
BEI DER ORKUS-
LESERBEFRAGUNG

Dirk Bernemann
**Ich hab die Unschuld kotzen sehen
– ungekürzte Fassung**
Hörbuch
2 CDs, 137 Minuten Gesamtspielzeit

erschienen März 2007
ISBN-10: 3-86608-079-4
ISBN-13: 978-3-86608-079-9

empf. VK: 19,95 Euro

ERFOLGREICHER NACHFOLGER

Und wir
SCHEITERN
immer schöner

Ich hab die Unschuld
KOTZEN
sehen

Dirk Bernemann

Dirk Bernemann
und wir scheitern immer schöner
Ich hab die Unschuld kotzen sehen 2!

erschienen 2007, 3. Auflage
ISBN-10: 3-86608-054-9
ISBN-13: 978-3-86608-054-6

Taschenbuch
12 x 18 cm, 128 Seiten

VK: 9,95 Euro

UND WIR SCHEITERN IMMER SCHÖNER

«Das Leben ist Krieg. Der Krieg hat uns alle leer gemenscht, kaputtgeKRIEGt.
Das Leben ist kein Krieg, sondern Sehnsucht zwischen Verachtung und Liebe!
Das Leben ist Krebs, es zieht Metastasenstraßen durch meinen Leib.
Das Leben ist Konzentrationsamok, ein Garten rot blühender Neurosen.
Und ich bin der Menschenkarton mit chemischem Inhalt.
All das geschrien, während Genitalien sich duellieren ...»

Dirk Bernemanns zweites Attentat. Wieder hat er das literarische Skalpell zur Hand genommen, seine Schnitte gehen tief, und doch, unter all dem, was wir Leben nennen, ist auch Hoffnung ... oder ist das nur Verfall de luxe?

«Eine wirklich lesenswerte, schonungslose literarische Analyse der seelischen Krankheit des modernen Menschen – bei der aber zwischen den Zeilen auch mal ein Funken Hoffnung durchschimmert.» **Virus-Magazine**

«Ein bisschen klingt Bernemann wie ein moderner Bukowski, dem man lange keine Frau zum Ficken, dafür aber einige synthetische Drogen gegeben hat.» **Legacy**

→ **BUCH DES JAHRES 2007**
BEI DER ORKUS-
LESERBEFRAGUNG

Dirk Bernemann
**Ich hab die Unschuld kotzen sehen
2 – ungekürzte Fassung**
Hörbuch
3 CDs, 180 Minuten Gesamtspielzeit

erschienen März 2007
ISBN-10: 3-86608-082-4
ISBN-13: 978-3-86608-082-9

empf. VK: 19,95 Euro